KB272046

단지의 두 사람

단지의 두 사람

단지의 두 사람

후지노 치야 **지음**

양지윤 **옮김**

일러두기

1. 모든 각주는 옮긴이 주입니다.

2. 책 속에 등장하는 도서명(단행본, 잡지, 만화)은 《 》, 영화, 방송 프로그램은 『 』, 노래 제목은 「 」 안에 표시하였습니다.

3. 전화 너머의 목소리와 문자 내용은 ―로 표시했습니다.

차례

제1화

절반씩 나누기

1

한 달에 한 번, 제철 채소가 상자 한가득 배달된다.

이번 달 채소는 이바라키현 미타마시에서 생산된 양배추와 꿀고구마 베니하루카, 같은 현의 유키군에서 생산된 양상추와 호코타시의 경수채*, 홋카이도 지역의 후라노 당근과 비호로조 양파, 유후쓰군의 브로콜리, 오비히로시의 메이퀸 감자** 등이다.

그밖에 구마모토현 야마가시의 대장형 가지***, 사이타마현 구키시의 머스터드 그린, 나가노현 나가노시의 특대

---

*   겨잣과에 속하는 일본 특산 채소로 샐러드나 전골, 무침 등의 요리에 쓰인다.
**   긴 타원형 모양의 감자 품종
*** 길이 40~60㎝ 정도의 길쭉한 품종

팽이버섯, 지쿠마시의 노루궁뎅이버섯, 같은 현의 아즈미
노시에서 사과라 불리는 고구마 실키퀸, 그리고 에히메현
우와지마시에서 생산된 극조생 밀감처럼 싱싱한 과일도
함께 담겨 있다.

손수 밥을 지어 먹는다 해도, 혼자 사는 사쿠라이 나
쓰코가 싱싱할 때 다 먹어 치우기엔 꽤 처치 곤란한 양이
었다. 그래도 그녀가 고집스레 온라인 농산물 판매점의
특가 정기배송 서비스에 가입한 이유는 늘 불시에 찾아
오는 소꿉친구 오타 노에, 일명 노에치가 매달 신나게 채
소를 받아가서였다.

딱히 약속이 없어도 노에치는 일주일에 서너 번은 찾아
왔다. 많게는 대여섯 번. 매일 올 때도 있었다. 그러니 배송
일과 상관없이 언제든 신선한 채소를 나눠줄 수 있었다.

"머스터드 그린이 뭐야?"

"외래종 겨잣잎이야."

"어떻게 먹는 건데?"

"고기에 싸 먹으면 맛있대."

"상추쌈처럼?"

"응. 알싸한 맛이 난다는데. 볶아 먹어도 맛있나 봐."

채소로 꽉 찬 상자에는 각각의 보관법과 대략적인 소

비기한, 특색, 추천 조리법 등을 표로 정리한 종이도 함께 들어 있었다. 근방에서 좀처럼 보기 힘들뿐더러 만약 발견해도 선뜻 고를 것 같지 않은 희귀한 채소가 매달 한두 종류씩 배송되는 건 은밀한 즐거움이었다.

"집에 갈 때 절반 챙겨가."

현관 앞에서 나쓰코는 상자부터 열어 보여주며 말했다.

"그럴게. 늘 미안하네. 아무래도 절반값은 내가 낼까 봐."

머리를 질끈 묶고 테가 두꺼운 안경을 쓴 노에치가 매번 거북살스레 건네는 입버릇이었다.

"아유, 됐다니까. 도저히 혼자서는 다 못 먹어서 그래."

"그런가?"

겸연쩍은 말투치고는 항상 깔끔하게 물러선다.

"그러면 다음에 오빠 보물 상자에 있는 잡동사니들 갖다줄게. 알아서 팔아버려."

"그건 대환영이지."

늘 큼지막한 후드티에 헐렁한 바지 차림인 나쓰코. 외출이 뜸한 그녀의 특기는 온라인 경매나 스마트폰 중고 거래 앱에서 물건 사고팔기였다.

집에서 쓰지 않는 물건은 일단 판매용으로 내놓았고 이웃들이 물건을 팔아달라며 맡기는 경우도 많아서, 나쓰코의 온라인 계정과 스토어에 상품이 고갈될 일은 없었다. 노에치가 퇴근길에 불쑥 들렀을 때 나쓰코가 집에 없다면 대개는 '상품'을 발송하러 나간 뒤였다. 대부분 엎어지면 코 닿을 거리에 있는 우체국이나 편의점을 애용했다.

"아주머니는 언제까지 시즈오카에 계셔? 괜찮으시대?"

집안 사정에도 훤한 노에치는, 나쓰코의 엄마가 늘 바느질하던 현관 옆 다다미방으로 힐끗 시선을 던지고는 복도를 지나쳐 물었다.

"느긋하게 지내셔. 오랜만에 간 고향 방문이라 즐거우신 모양이야. 친정살이를 만끽하시는 건지."

친척을 간병하러 엄마가 잠시 고향에 내려간 뒤 나쓰코는 방 세 칸짜리 공동주택 단지에서 혼자 살고 있었다.

당분간만 있겠다더니 벌써 일 년 가까이 되어간다.

노인 간병이 당연히 느긋할 리는 없었고 친정살이라는 건 나쓰코가 적당히 지어낸 말이었지만, 최근 통화했을 때 올봄이면 일흔을 바라보는 나이라고 생각할 수 없을 만큼 엄마의 목소리는 유쾌했고 여전히 정정했다.

어릴 적 신세졌던 숙모와 수십 년 만에 같이 지내다 보니 다시 딸로 되돌아간 기분이라도 든 걸까.

조용히 기억을 잃어간다는 그 숙모와 나날이 사라져

가는 옛 추억으로 이야기꽃이라도 피우는 걸까.

젊은 시절을 보냈던 그리운 고장에서는 지금까지와는 다른 시간이 흐르고 있는지도 모른다.

이따금 나쓰코는 멍하니 그런 생각을 하곤 했다.

2

당일 배송된 채소를 먹을 때는 되도록 재료 본연의 맛을 즐기려는 편이다.

"채소구이 먹을래?"

노에치에게 물었다.

"응."

그녀의 들뜬 대답에 나쓰코는 당근과 양파, 메이퀸 감자, 베니하루카 고구마, 길쭉한 가지를 얇게 썰어 소금과 후추, 허브로 간단히 밑간한 뒤 채소구이를 만들었다.

그다음 두부와 특대 팽이버섯으로 된장국을 끓이고 뚝배기에 밥을 안쳤다.

막 그릇에 푼 밥과 된장국에서 뽀얀 김이 피어올랐다. 나쓰코는 거실에 밥상을 펴고 노에치와 마주 앉아 명랑하게 "잘 먹겠습니다"라고 말했다. 채소의 겉은 심하게 탔지만 속은 따끈하고 촉촉했다. 은근한 단맛이 감돌았다.

신종 코로나바이러스 예방 수칙을 잘 지키면서, 오늘 겪었던 불쾌한 일을 서로 이야기하며 분개하고 한탄하거나 웃어넘기다 보면 마음이 누그러졌다.

1950년대 중반에 들어선 아파트 단지는 준공된 지 육십 년이 되어간다.

구식 디자인이라 동과 동 사이는 널찍하니 여유롭고, 화단과 주민용 텃밭 공간도 넉넉했다. 작지만 커뮤니티 센터가 있었고 공원도 두 곳이나 있으며 주차장도 넓었다. 단지 옆 상점가만 벗어나면 지하철역도 바로 있었다.

다만, 십수 채의 4층짜리 주거 동에는 모두 엘리베이터가 없어서 오르내리기가 불편했다. 다행히 나쓰코의 집은 1층이었지만 3층 이상에 사는 고령 주민들에게는 벅차 보였다.

십수 년 전 재건축 계획으로 떠들썩했던 뒤로는 대규모 보수 공사 없이 그저 훼손된 부분을 번번이 수리하는 식이었으므로, 사실상 건물은 퇴색한 유물이 되어버린 느낌이었다.

실내 구조도 기본적으로 1950년대 풍이었다. 마루방

과 다다미방 세 칸. 투박한 개수대와 세면대. 가스레인지와 소박한 환풍기. 한 번 교체했는데도 구닥다리 느낌을 풍기는 하얀 온수기.

철들 무렵부터 함께 나이를 먹어온 터라 이제는 딱히 낡았다는 느낌은 없었지만, 만약 나쓰코가 지금보다 젊었더라면 이곳에 사는 걸 싫어했을지도 모른다.

언젠가 나쓰코는 진지하게 그런 말을 했었는데 그때 노에치가 넌지시 일러주었다.

"전에 살았던 이웃 말인데, 다 쓰러져가는 단지에 산다고 애가 학교에서 놀림받는다면서 이사 갔잖아. 벌써 한참 전의 일이지."

그 이웃은 두 사람보다도 어린 세대였다.

재건축 계획은 예산 문제라든가 퇴거 주민을 위한 보상 문제도 있어서 착수가 상당히 늦어지고 있었는데, 부지 안에 있던 어린이집은 진작 이전해 버린 데다 세입자를 들이지 않은 지도 오래여서 이미 예전부터 공실이 많아진 상태였다.

애초에 가족 단위를 대상으로 한 단지였는데 입주 초기의 애들이 성인이 되어 나간 뒤 그다음 세대의 애들도 독립하자, 지금은 배우자를 떠나보낸 고령의 단독 가구들이 많아졌다.

때마침 나쓰코가 본가로 돌아와 살게 되었지만, 그녀의 부모야말로 단지의 1세대였다.

노에치의 부모는 모두 건재했는데 나이로는 둘 다 나쓰코의 엄마보다 위였다. 노에치는 자신의 부모가 허구한 날 이래저래 잔소리하면서도 툭하면 의지하려 드는 나이가 되었다고 말했다. 이는 노에치가 나쓰코의 집에 계속 붙어 사는 이유 중 하나이기도 했다.

나쓰코는 드립 커피를 내리고 미리 사둔 한입 크기의 바움쿠헨*을 디저트로 곁들인 뒤, 녹화해 둔 BS** 채널의 『단샤리***』 프로그램을 노에치와 같이 봤다.

단샤리 전문가인 여자가 나와서 정리가 서툴러 물건을 쌓아두는 집에 찾아가, "세상에……" 하며 놀란 뒤 "그러셨구나"라며 이야기를 들어준다. 그런 다음 "그래도 말

• 절단면이 나이테 모양인 원통형 케이크
•• 일본 공영방송인 NHK의 위성 채널
••• 斷捨離, 야마시타 히데코가 자기 저서를 통해 제안한 라이프스타일. 불필요한 물건을 끊고(斷) 집에 있는 불용품을 버리고(捨) 물건을 향한 집착을 멀리하는(離) 생활 태도를 뜻한다.

이죠” 하며 문제점을 지적한 뒤 “그랬군요, 이해해요”라며 조금이나마 집주인의 기분을 헤아려준다. 그러다 “이렇게 해보면 어때요?” 하고 제안하면서 미래의 산뜻한 방을 상상하게 한 뒤 잘 타이르고 격려한 끝에, “좋아요, 해볼게요”라며 집주인이 스스로 물건을 줄이도록 유도하는 오락 프로그램이었다.

“에이, 뭐야. 이건 대단한 상황도 아니네”라든가 “안 돼! 그 접시는 버리지 말라니까”라든가 “딸이라는 저 여자, 인상이 별로지 않아?”라든가 “부모님이 돌아가셨으니 집 정리는 결국 딸의 몫이잖아”라든가 “저 할아버지는 왜 느닷없이 화를 내는 걸까”라는 식으로, 본인 문제는 뒷전인 채 남의 집 상황에 관해 오랜 친구끼리 이러쿵저러쿵 말 참견하기에는 그야말로 제격인 프로그램이었다.

새삼스레 점잔 빼거나 고상한 척, 좋아하면서도 아닌 척 내숭을 떨 필요도 없다.

원체 두 사람은 어린이집 시절부터 친구였다. 단지 안에 있다가 지금은 이전해 버린 같은 어린이집 출신이었다.

초등학교와 중학교도 같은 공립에 다녔다. 이렇듯 내내 서로가 제일 친한 친구였으니 상대의 흑역사나 자랑거리, 진지했던 첫사랑도 대부분 생생히 목격해 왔다.

서로 다른 고등학교에 간 뒤로는 대학 진학과 취직, 사실혼 상대와의 동거, 지속하지 못한 결혼 등으로 각자의 길을 걸어왔지만 어쨌든 사이가 소원해진 적도 딱히 멀리 떨어져 산 적도 없었다.

지금은 이렇게 둘 다 예전처럼 단지의 본가로 돌아와 살면서 언제든 얼굴을 볼 수 있게 되었다.

두 사람 다 벌써 오십이 되었으니 그만큼 오래 사귀어 온 셈이다.

"이번엔 선생이 아니라 제자 쪽이 방문하는 내용인가 봐. 그건 좀 별론데."

녹화한 에피소드에서는 평소에 나오던 전문가는 원격으로 집의 상태를 보기만 하고, 직접 현장을 찾아가 조언하는 쪽은 문하생이라는 다른 여자였다.

"선생이 했던 말을 그대로 읊고 있네."

"그런데 문하생도 가르치는 쪽이 될 수 있다는 걸 보여주는 셈이잖아. 수업 홍보는 되겠다."

"단샤리 사상도 일종의 대물림인 셈이네."

나쓰코는 어느새 노에치가 자신인지, 자신이 노에치인지 헷갈릴 지경이었지만 이렇게 아무렇지 않게 불평하며 웃을 수 있는 친구여서 역시 편하고 좋았다.

예상대로 문하생의 조언은 어딘가 선생의 말을 빌린 듯 어설펐다. 그런데도 자신만만하게 딱 잘라 말하는 스타일이어서 입이 거친 두 시청자는 혹평을 쏟아냈다.

단순히 그런 점을 구시렁구시렁 지적하며 보는 걸 즐길 뿐이었다.

"커피 더 마실래?"

"응."

노에치가 쓱 내민 컬러 머그잔을 받아 들고 나쓰코는 일어섰다.

옛날부터 나쓰코는 커피를 마시면 심장이 두근거려서 밖에서는 절대 마시지 않았지만 노에치와 집에 있을 때는 종종 드립 커피를 즐겼다.

나쓰코는 얼마 전에 노에치와 가라스야마의 상점가에 있는 커피 전문점에 갔다. 두 사람은 젊은 직원에게 이것저것 질문한 끝에 각자 취향의 원두를 골라 50그램씩 분쇄한 뒤 절반씩 나눠 계산했다. 나쓰코는 노에치가 놀러 왔을 때 쓰기 위해 그 두 봉지를 모두 챙겨왔다.

좀 전에 마신 첫 잔은 노에치가 고른 원두로 내렸지만 두 잔째는 나쓰코가 고른 쪽으로 했다.

나쓰코는 학창 시절에 찻집에서 아르바이트를 오래 해

온 터라, 본인은 거의 마시지 않아도 커피는 잘 끓일 자신
이 있었다. 프로그램도 벌써 끝나버려서 두 잔째 커피는
테라스 느낌으로 꾸며둔 베란다에 나가 마시기로 했다.
의자와 테이블을 두고 랜턴을 걸어둔 베란다는 눈앞에
있는 단지의 정원이 배경이 되어 무척 호사스러운 공간처
럼 보였다.

"첫 잔이랑 이거랑 어느 쪽이 더 맛있어?"

노에치가 세 모금 정도 마셨을 때 나쓰코가 물었다.

"이거."

그녀의 대답에 나쓰코는 괜스레 살짝 이긴 듯한 기분
이었다.

3

단지의 어린이집은 육칠 년 전쯤에 이웃 동네로 이전했다.

예전에는 부지 한가운데에 1층 전체가 어린이집이었던
동이 있었다. 다른 동에서는 앞뜰이나 정원수 숲으로 이
용하는 공간을 그 동에서는 낮은 울타리를 커다랗게 두
른 채 어린이집 놀이터로 사용했다.

미끄럼틀과 철봉 같은 놀이기구가 생겼고 여름에 아이

들이 철퍽철퍽 놀 수 있는 얕은 물놀이장도 있었다.

나쓰코와 노에치는 그곳에서 친해졌다.

어린이집에서 사귄 첫 친구였다. 그 무렵부터 영리한 아이였던 노에치는 눈치도 빠르고 모두에게 친절했다. 책을 좋아했기에 매일 엄마에게 《싫어 싫어 유치원》을 읽어 달라며 졸랐다고 한다.

그리고 또 한 명, 소라짱*이라 부르는 여자애와도 친해졌다. 늘 그렇게 셋이 어울려 놀곤 했다.

온화하고 느긋한 성격의 친구였다.

"소라짱, 빨리빨리."

재촉하지 않으면 나쓰코와 노에치로부터 점점 거리가 벌어지기 일쑤였다. 소라짱은 어느새 쭈그리고 앉아 꽃을 따거나 멈춰선 채 나뭇가지를 올려다보고 있었다.

"소라짱."

멀찌감치 떨어진 곳에서 몇 번이나 불렀는지 모른다. 그래서인지 셋 중에서 꽃 이름을 가장 잘 알았다.

나쓰코의 집은 9동의 1층.

---

* ちゃん, '짱'은 대개 아이 이름 뒤에 붙여 부르는 호칭이지만, 친한 사이에서도 친근감의 표시로 사용한다.

노에치의 집은 10동의 3층.

소라짱의 집은 3동의 4층이었다.

어린이집이 이전한 뒤 현재 건물은 폐쇄된 상태였다.

단기간이라도 새롭게 다른 용도로 사용할 기미는 없어 보였다.

내막을 모른다면 철거된 단지를 가리키는 하나의 상징으로 보일지도 모른다.

녹슨 놀이기구와 물이 흐르지 않는 물놀이장도 그대로였다. 최소한의 관리도 하지 않는 건지 수목의 가지나 잡초도 상당히 자라 있었고, 건물에 들어가지 못하도록 어린이집 쪽에 판자를 박아둔 상태였다.

오컬트를 좋아하는 나이라면 해 질 무렵에는 근사한 심령 명소로 보일 수도 있다.

하지만 나쓰코는 그 동의 옆을 지날 때면 달콤쌉싸름한 그리운 추억이 떠올랐다.

판자로 막아둔 1층의 미닫이창을 바라보면서 '저쪽 방에서 다 같이 지냈었는데' 하며 곧잘 웃음 짓곤 했다.

매일 노에치와 놀기도 했지만 무엇보다 그 어린이집은 어릴 적에 죽은 친구 소라짱을 알게 된 장소였다.

"지금도 소라짱이 여기 어딘가에서 놀자고 말하는 것

같아."

노에치와 그런 대화를 나누었던 게 중학생 때였나. 그 무렵에는 어린이집도 활기가 넘쳤으며 정원에는 늘 많은 아이들이 놀고 있었다.

소라짱이 세상을 떠난 건 초등학교에 올라간 뒤였지만, 그 후 얼마간 시간이 흐르면서 기억 속 친구의 나이도 제멋대로 바뀌어버린 듯했다.

사실 같은 나이였지만 두 사람보다 어린아이인 소라짱이 생글생글 웃으며 뒤따라올 것만 같았다.

여전히 미적거린 채, 꽃 이름을 읊으면서.

반으로 나눈 채소를 도톰한 에코백에 가득 담아 노에치에게 건넸다.

"무거워라."

노에치가 익살스러운 표정을 지으며 말했다.

"잔뜩 챙겨줘서 고마워. 채소구이도 맛있었고. 잘 먹었습니다."

그러더니 갑자기 깍듯하게 인사했다.

"다음에는 진짜 오빠 보물을 들고 올게."

아까는 잡동사니라고 말하더니 조금 격이 오른 건가.

"팔리면 다 네가 가져."

"어머, 그래도 돼?"

나쓰코는 진심으로 기뻐했다. 평소에는 남의 물건을 맡았을 경우 판매액에서 배송료를 제외한 나머지 금액의 절반을 수고비로 받았다. 그 대신 가격 책정과 사진 등록, 상품 설명, 구매자 및 낙찰자와의 연락, 포장, 발송까지 나쓰코가 책임졌다.

"나중에 아쓰 오빠한테 혼나는 거 아냐?"

"괜찮아. 어차피 이젠 그 안에 뭐가 들었는지 기억도 못 해."

노에치의 오빠는 결혼해서 진작 독립했지만, 총각 시절의 소지품을 담은 상자들이 여전히 남아 있다고 했다.

예전에 노에치의 엄마가 이제 좀 가져가라는 뜻을 내비쳤더니 노골적으로 불쾌해했던 모양이다. 사춘기 시절에는 단지 내에서도 말썽꾸러기로 유명했던 장남이었다. 멋대로 처분했다가 부모 자식 싸움으로 번져 골치 아파질까 봐 처박아 뒀더니, 그대로 이십오 년이 흘렀다.

노에치는 그 상자들을 오빠의 보물 상자라거나 타임 캡슐이라는 식으로 불렀는데, 최근에 와서야 그가 본인의 애물단지에 대해 노에치와 이야기를 나눈 것 같았다.

"오빠는 진작 버린 물건으로 취급하는 눈치여서 신경도 안 쓴다니까. 뭔가 팔 수 있는 물건이 있을지 모른다고 알려줬는데도 나보고 알아서 처리하란 식이야. 거의 관심도 없던데."

"이젠 괜찮은가 보네. 예전엔 화냈잖아."

"어쩐지 차분해져서는, 너희는 태평해서 좋겠다면서 웃더라."

"너희라니, 혹시 나도 포함이야?"

"네가 중심이지. 따지자면 난 신경질적인 여동생이고."

배송할 상품의 준비가 끝나서 나쓰코도 함께 집을 나섰다.

"뭐가 팔렸는데?"

노에치의 질문에 나쓰코가 어떤 물건인지 알려주었다.

"어머, 그런 게 팔리는구나."

"당연하지. 의외로 이상한 물건이라도 버티기만 하면 돼."

"흠, 요즘에도 그런 걸 찾는 사람이 있다니. 시대가 바뀌었는데."

"그러게."

단지 내 승강구 옆에 설치된 우편함 중 몇 군데에는 녹색 테이프를 붙여 입구를 막아두었다. 공실에 전단이나 광고 우편물을 넣지 못하게 해둔 것이다.

건물을 올려다보니 불 꺼진 집이 절반 가까이 있었다.

"아쓰 오빠는 사장님이잖아. 멋지다."

하늘에 뜬 별을 바라보듯 나쓰코가 말했다.

"응, 사장 딸이랑 결혼해서 정식으로 경영자 수업을 밟았대."

여동생인 노에치도 그 부분은 인정하는 눈치였다.

"아버지한테 혼나서 밤새 공원 그네에 앉아 있곤 했는데."

나쓰코는 오래전 말썽꾸러기였던 한 소년의 모습을 떠올렸다.

"정원수 숲 옆에서 오토바이도 개조하고 그랬잖아."

"그러게! 엄청 예쁜 여자 친구랑 있는 모습도 봤어."

"맞아, 그랬지. 꽤 인기가 많았단 말이야, 그런 인간이."

그 부분은 이해할 수 없다는 말투로 노에치가 고개를 저었다. 그래도 이 단지를 떠나 성공한 사람은 '그런' 오빠 쪽이었다.

늘 성적이 우수했던 노에치는 학자를 목표로 대학원까지 진학했지만, 대학에서 자신이 원하던 직책을 얻지 못하다가 겨우 잘 풀리려던 찰나에 학장 쪽 사람인 교수와 불륜 사이라는 의심을 받았다. 그래도 학장 쪽 사람이니 묵인

해 주리라 생각했는데 단번에 내쳐졌고, 더는 설 자리가 없어진 지금은 다른 학교에서 시간강사로 일하고 있었다.

그림을 좋아했던 나쓰코는 전문대학을 졸업하고 삽화가로 활동하기 시작했다. 온라인에서 한 점당 500엔에 판매하는 삽화로 경력을 쌓았고 한때는 대기업 패션 잡지의 컬러 페이지나 단행본 표지 삽화 같은 일도 종종 따내며 꽤 잘나갔다. 하지만 경기 침체로 업계 전반이 어려워졌는지, 아니면 그림 스타일이 시대에 뒤처지게 된 건지는 알 수 없지만, 최근에는 일 년에 고작 몇 건의 의뢰만 들어올 뿐이었다.

역시나 요즘은 온라인상의 거래와 이웃이 부탁하는 심부름, 그리고 약간의 우량주 매매가 주요 생계 수단이었다.

옛날부터 전철을 잘 타지 못했던 나쓰코는, 멀리 나간다 한들 대부분 자전거로 이동할 수 있는 범위에서만 다녔다. 구청이나 유료 낚시터가 있는 커다란 공원, 시내 상점가 정도였다.

더 먼 곳까지 꼭 가야 할 일이 있을 때는 노에치가 아빠 차를 운전해서 데려다주곤 했다.

그런 식으로 상부상조하는 두 사람이었다. 노에치 또한 나쓰코의 집에 매일 살다시피 하면서 찌그러졌던 마음에 바람을 다시 훅훅 불어넣었다.

그렇게 하지 않으면 다음 날을 제대로 맞이할 수 없다고 노에치는 말했다. 잘 풀리든 말든, 다음 날은 제멋대로 찾아왔지만.

"괜찮아. 노에치의 장점도 단점도 난 다 아니까."

나쓰코가 혼잣말처럼 중얼거렸다.

"마찬가지야."

노에치가 대꾸했다.

"누가 어떤 악담을 하는지도 이미 알지만, 그런 거 상관없잖아."

"맞아."

나쓰코는 벌써 사십몇 년이나 사귀어온 친구와 10동 앞에서 헤어졌다.

"또 봐."

오래전 세상을 떠난 어린 소라짱이, 둥실둥실 가볍게 나쓰코와 함께 걷고 있는 느낌이었다.

스마트폰 중고 거래 앱에서 판매한 상품은 편의점 계산대에서 간단히 발송할 수 있었다.

송장의 바코드를 스캔한 뒤 포장한 상품에 붙이면 접수 완료였다.

"잘 부탁드립니다."

사근사근한 말투로 계산을 마친 뒤 재차 가게 안을 둘러봤다. 거의 매일 오면서도 방금 오픈한 가게라도 되는 듯 선반 전부를 낱낱이 구경하는 게 나쓰코만의 코스였다.

오늘 발송한 물건은 그런대로 괜찮았지만 이제껏 대체 누가 이런 걸 살까 싶은 물건도 많이 팔아왔다.

잡지 부록이었던 만화책《왓츠 마이클?》의 휴대폰 안테나 마스코트*(착신하면 빛난다)는 의외로 인기여서 바로 팔렸다. 남편 유품이라며 야한 옛날 사진집이라든가 어디선가 받은 불고기 양념통 모양 열쇠고리 등등, 역시 팔기 힘들 것 같던 물건도 머지않아 구매자가 나타났다.

이 나라에서 단 한 명이라도 원하는 사람이 있으면 된다니, 나쓰코는 종종 멋진 시스템이라고 생각했다. 아무리 팔릴 가능성이 없어 보이는 물건일지라도 이 세상에 누군가 한 사람 정도는 흥미를 갖고 찾고 있을지도 모른다. 한 사람만 있으면 된다. 그 사람에게만 닿으면 된다.

오래 팔리지 않던 물건일지라도 뜻밖의 구매자가 나

---

* 1990~2000년대 초반에는 휴대폰에 안테나가 달려 있었다. 당시 일본에서는 그 안테나 끝에 작은 장식품을 다는 것이 유행이었다.

타나면 그런 생각은 더욱 강해졌다.

　오늘도 나쓰코는 스마트폰에 적립된 판매액 일부를 사용하여 편의점에서 빵 하나를 샀다.

오늘의 판매액

☐ 파라파 더 래퍼*의 대형 행커치프	500엔
☐ 후지와라 다쓰야 사진집《페르소나》	990엔

오늘의 쇼핑

☐ 엄선한 농산물 온라인 구매 (정기배송)	2,980엔
☐ 터질듯한 민스 커틀릿 버거 (소스와 겨자 마요)	145엔

• PaRappa the Rapper, 1996년에 발매된 플레이스테이션 전용 리듬 게임

마지막으로
오빠라고 불러본 때가
언제야?

1

나쓰코는 이따금 단골 찻집에 아침을 먹으러 간다.

오늘은 오후 출근하는 노에치와 함께 가기로 했다. 아침나절에 집으로 데리러 갔더니, 채비에 시간이 좀 더 걸릴 것 같았다.

"잠깐 들어와서 기다릴래? 오빠 보물이라도 구경하든가."

노에치가 안으로 들어오라고 해서 나쓰코는 잠시 그러기로 했다. 노에치의 부모가 주방에서 과자를 곁들여 차를 호록호록 마시고 있었다.

"낫짱*, 어서 오렴. 일전에 채소도 나눠주고 고맙기도

---

* 나쓰코의 애칭

해라. 맛있더구나."

"어서 와라. 오랜만이네."

연달아 두 사람의 인사를 받은 나쓰코는 잠시 선 채 짤막한 대화를 나눴다. 날씨라든가 병원이라든가 단지의 배나무라든가. 종종 멀리 외출할 때 노에치 아빠의 차를 빌려 타는 것에 대해서도 고맙다고 인사했다. 그러고 보니 최근에는 줄곧 노에치 쪽에서만 놀러 온 터라 나쓰코가 방문한 건 오랜만이었다.

결혼한 지 벌써 오십 년을 훌쩍 넘긴 노에치의 부모는, 함께 사는 동안 커다란 위기 하나 없이 기적처럼 사이가 좋았다. 꽤 오래전부터 나란히 머리 염색을 그만둬서(그러기로 마음을 정한 날이 있었다고 한다) 이제는 둘 다 아름다운 은발이었다. 부부는 일흔에 접어든 이후로 유튜브에서 옛날 가요 영상을 찾아보는 것을 즐겼다. 최근 한두 해 동안은 코로나 때문에 뜸했지만 목적지를 모르는 당일치기 버스 투어에 참가하는 것도 그들만의 낙이었다.

"낫짱, 차 마실 거니? 지금 끓이마."

"아뇨, 아주머니. 괜찮아요. 곧 나갈 거라서요."

"낫짱, 이쪽이야."

노에치의 손짓을 따라 나쓰코는 구석의 다다미방에 들

어갔다.

노에치의 오빠가 두고 간 짐은 그 방 벽장 안에 있었다. 단지의 동마다 방 구조는 많이 달랐지만, 나쓰코와 노에치의 집은 둘 다 방 세 칸짜리로 구조가 같았다.

오래전 노에치 오빠의 방이었던 다다미방에는 이제 엄마의 옷장과 화장대, 사용하지 않게 된 운동기구와 여행용 슈트케이스, 선풍기와 팬히터, 전기난로 같은 계절 가전 따위가 놓여 있었다.

만약 단샤리 선생이 이 집을 방문한다면 가장 먼저 이 방을 공략하겠지.

노에치는 벽장 아래 처박아 둔 상자 중에서 매직펜으로 그린 동그라미 안에 'A'라고 표시한 자그마한 상자 하나를 질질 끌어내듯 꺼내더니 뚜껑을 열었다.

"오빠 보물 상자야. 두 개 더 있는데, 일단 괜찮아 보이는 걸 이 안에 모아뒀어."

"우와, '까불지 마'라고 적혀 있네. 이거 '폭주족 고양이'• 면허증이잖아. 유효기간이 죽을 때까지래."

• 1980년대 초에 유행한 폭주족 차림의 고양이 캐릭터. 면허증까지 나오며 인기였다.

"안 팔리려나?"

"괜찮을 것 같은데. 요즘은 헤이세이 레트로˙가 인기라지만, 쇼와 레트로˙˙도 아직은 먹히니까!"

"이건 게임기래. 인터넷에서 검색해 봤어."

"전원은 들어와?"

"전지를 갈아 끼우면 일단 켜지긴 해. 사용법은 잘 모르겠지만, 복싱 게임을 할 수 있던데."

"우와."

"그리고 오빠가 한창 포크 음악을 듣던 시절에 구매했던 악보도 있어."

"아쓰 오빠, 폭주족이었잖아!"

"그 시절엔 다들 기타 쳤으니까. 단지에 사는 주제에 오빠도 한밤중까지 기타 치고 노래 부르다가 시끄럽다고 자주 깨졌었지."

"역시 사고뭉치였네."

"우선 팔릴 만한 물건을 골라 봐! 괜찮은 게 있으면 맘

- 1989년 1월 8일부터 2019년 4월 30일까지를 이르는 일본 연호인 헤이세이 시대 중, 1990~2000년대 초반 사이의 문화나 디자인이 유행하는 현상
- 1926년 12월 25일부터 1989년 1월 7일까지를 이르는 쇼와 시대 중, 1970~1980년대 사이의 문화나 디자인이 유행하는 현상

껏 챙기고."

노에치가 다시 외출 준비를 하러 가자, 나쓰코는 일단 집에 들고 갈 만한 물건을 골라냈다. 그런대로 잡동사니를 모아둔 느낌이어서 오히려 안심했다.

가치 있어 보이는 물건보다는 팔릴 가능성이 낮지만 구매자가 나타나면 행운이라 여길 만한 물건을 담당하는 쪽이 마음이 편했고 재미도 있었다.

"여기에 담아 가."

잘 끼워지지 않는지 왼쪽 귀에 귀걸이를 신경질적으로 누르면서 노에치가 고맙게도 커다란 쇼핑백을 세 개나 가져다주었다. 그렇다고 다짜고짜 잔뜩 집에 가져갈 수도 없는 노릇이었다.

"여기 있는 건 아쓰 오빠가 중학생이었을 때 물건이야?"

"응."

겨우 귀걸이가 구멍에 꼭 맞아 들어간 모양이었다.

"중학생 때부터 십 대 시절이 거의 끝나갈 때까지니까. 지포라이터는 이십 대 때 물건이고. 아니다, 계속 담배를 피웠나."

"용케도 보관하고 있었네."

"쭉 가지고 있었어. 엄마가 버릴 기회를 놓친 거지 뭐."

"단샤리 선생한테 한번 와달라고 해야겠는데."

기회라는 듯 최근 노에치에게 자주 듣던 대사를 나쓰코가 툭 내뱉었다.

"뭐라고? 선생을 불러야 한다면 네 쪽이 먼저지."

역시 되받아친다.

이제 단지도 재건축을 코앞에 둔 상태다. 진작부터 나쓰코는 내심 단샤리를 시작했지만, 자기만의 고집과 규칙이 너무 까다로운 나머지 지지부진한 채 좀처럼 진척이 되지 않았다. 제삼자가 보기에는 그저 손을 놓고 있는 듯 보이겠지. 게다가 단지의 이웃들이 맡긴 물건들까지 현관 옆 다다미방에 쌓인 상태였다.

그걸 싹둑 잘라내는 게 단샤리의 가르침일 텐데.

일단 나쓰코는 노에치 오빠의 보물을 에코백 한 개의 분량만 챙긴 뒤, 마침내 채비가 끝난 노에치와 아침을 먹으러 가기로 했다.

"얘, 낫짱, 차 다 끓였단다."

주방을 지나며 작별 인사를 하는데 노에치의 엄마가 말을 걸었다.

"아주머니, 죄송해요. 이제 가야 해서요."

노에치의 엄마와도 오래 봐왔던 나쓰코는 진심으로 미

안해하며 대꾸했다.

"됐다니까! 이제 마쓰에 갈 거란 말이야."

그러나 딸인 노에치는 인정사정없이 딱 잘라 말했다.

2

역 앞 찻집 '마쓰'의 핫케이크는 원래 두 장이 겹쳐 나오지만, 모닝 메뉴에서는 한 장만 제공되었다.

하지만 폭신하고 두툼해서 지금처럼 점심을 먹기 이른 시간이라면 충분한 양이었다.

커다란 흰 접시 한가운데 핫케이크가 예쁜 연갈색을 띠며 푸짐하게 올라가 있었다.

옆에 곁들여진 풍성한 버터크림이라든가 유리 디스펜서에 담긴 메이플시럽도 예전 그대로였다. 노에치는 아이스커피를 고르고 나쓰코는 뜨거운 레몬차를 주문했다.

"맛있다."

중학생 시절부터 단골이었는데 핫케이크 맛은 여전했다. 보증된 맛이었다.

우선 식감이 바삭하다.

폭신하면서도 담백한 맛이 나쓰코의 취향에 딱 맞았

다. 버터크림을 충분히 바른 뒤 시럽을 듬뿍 뿌렸다.

"끝내준다. 기막히게 맛있어. 행복해지는 기분이야."

"그러게. 맛있다."

출근을 앞둔 노에치도 만족스러운 듯 고개를 끄덕였다. 역시나 버터를 골고루 바르고 시럽을 잔뜩 뿌려서 핫케이크를 크게 한입 베어 먹었다. 그다음 커피를 꿀꺽꿀꺽 마신 뒤 다시 먹고 마시기를 반복하더니, 한 장을 날름 다 먹어 치우고는 한숨을 길게 내쉬었다.

"더 먹을 수 있는데."

"그만 먹어! 얼른 출근이나 해."

"가기 싫은데…… 샌드위치로 할 걸 그랬나."

모닝 메뉴의 메인은 세 가지였는데 핫케이크와 샌드위치, 토스트 중에서 고를 수 있었다. 서비스 제공 시간은 오전 11시까지였다.

"무슨 소리야, 무조건 핫케이크지."

"하긴."

"어차피 학교에 도착하면 곧 점심시간이면서. 학교 식당에서 뭐라도 먹으면 되잖아."

"그때까지 견딜 수 있을까."

"농담은."

나쓰코는 웃었다.

"근처에 이런 가게가 있다니 고마운 일이야."

"그러게."

역 앞 찻집에서 꾸물거리는 친구를 달랜 뒤 550엔씩 값을 치르고 가게를 나섰다.

도심의 학교로 출근하는 노에치를 개찰구까지 배웅하며 나쓰코는 손을 크게 흔들었다. 정작 본인은 전철을 타 본 지도 오래였다.

"힘내."

일단 집에 들러 무거운 짐은 두고 온 터라 평소처럼 빈손이었다. 모조품 느낌이 나는 '무쇠 팔 아톰' 캐릭터 지비츠가 꽂힌, 크림색 정품 크록스를 신은 채였다.

나쓰코는 100엔숍*과 책방을 구경한 다음 마트를 둘러보다가 간단히 먹기 딱 좋은 김밥 여섯 알짜리 팩을 샀다. 에코백 챙기는 걸 깜빡해서 매장에 비치된 비닐봉지에 담아 양손에 든 채 단지로 돌아왔다.

건물과 건물 사이의 넓은 길에는 가로수를 잔뜩 심어

___

*   대부분의 상품을 100엔의 균일가로 판매하는 생활용품점

놓아서, 봄에는 벚꽃을 구경하고 가을에는 은행나무의 노란 잎과 새빨간 단풍을 즐길 수 있었다.

빈자리가 넘쳐나는 주차장에는 주차 금지를 표시하는 금속제 봉이 쭉 늘어서 있었다. 동마다 설치된 자전거 보관소에도 자동차만큼은 아닐지라도 역시 빈 곳이 많았다.

예전에는 그곳에 자전거가 가득 차 있어서 꺼내기가 상당히 힘들었다.

나쓰코가 9동 앞에 다다랐을 때 낯익은 아주머니가 계단을 내려왔다.

"얘, 낫짱, 잠깐 시간 되니?"

같은 동 3층에 사는 사쿠마 아주머니였다. 핑크색 앙고라 모자에 은색 바지를 입고 검은색 스니커즈를 신고 있었다.

"베란다 방충망이 망가져서 말인데. 낫짱, 그런 거 새로 교체할 수 있니?"

"네? 방충망이요? 해본 적 없는데요."

대체 언제부터 뭐든 가능한 사람이 된 걸까.

"망가졌어요?"

"응. 아무 짓도 안 했는데 바람 때문에."

"오래돼서 그런 걸까요? 늘 맡기는 곳이라든가…… 없

으세요?"

"예전에 부탁했던 사람이 있는데 일을 접었다지 뭐니."

인터넷에서 적합한 업자를 찾으라거나 자치회에 소개받을 사람을 부탁해 보라는 식으로 곧장 떠오르는 생각을 말한들, 이 상황에서는 별 의미가 없을 것이다. 사쿠마 아주머니의 말은 직접 도와주길 바란다는 뜻일 테니까.

"당장 급하세요?"

"아냐, 이제 곧 가을이니까 언제든 괜찮단다."

"그러면 일단 실물을 확인한 뒤 대책을 생각해 볼게요. 그냥 지금 보러 갈까요?"

"그럴래? 살았네."

"그나저나 방충망은 맘대로 갈아도 돼요?"

"그럼. 되고말고."

본인의 부모뻘인 아주머니가 자신만만하게 말해서 나쓰코는 믿기로 했다.

"진짜 덜렁거리네요. 이건 뭐, 망을 제거하느라 진땀 뺄 일은 없겠어요."

베란다에 면한 방충망의 아랫부분이 망가진 상태였다. 정중앙에 창살이 있었고, 문은 나쓰코의 집에 있던 것과 크기가 같아 보였다. 이 집에 몇 차례 온 적은 있어도 방충망을 자세히 살피기는 처음이었다.

"바람 때문에 이렇게 됐다고요?"

"그렇다니까! 깜짝 놀랐어."

"그렇게 강한 바람이 불었던가요."

"갑자기 불었다니까."

방충망의 현재 상태를 확인해 보니 당장 할 수 있는 일이 없었다. 그래서 아주머니가 끓여준 호지차*를 마시며 최근 단지 안의 퇴거 정보라든가 몇 동의 누가 이사했는지 등 잡담을 나눴다.

한 시간이 순식간에 지났고 서서히 허기가 졌다. 슈퍼에서 산 여섯 알 김밥 팩이 얇은 비닐봉지 안에 담겨 있는 것도 모르고 있었다.

"김밥 드실래요? 마트에서 사 왔어요."

"그거 김초밥을 말하는 거니?"

아주머니는 신기하다는 듯 재차 상품이 담긴 팩을 쳐다봤다.

"한국식이에요."

"어머, 그렇구나. 먹어본 적은 없는데. 요즘 한국 드라마가 다시 인기잖니. 게다가 그 어린 남자애들, 예쁘장하게 생긴 가수인데."

"BTS요?"

"모르겠네."

아주머니는 대꾸하며 자리에서 일어서더니 고급스러운 접시 두 개를 꺼내왔다.

"간장에 찍어 먹는 거니?"

"그냥 먹어요."

"새로 차를 끓이마."

늘 그렇듯 우아한 아주머니가 끓여준 녹차에 김밥을 먹었다. 세 개씩 말끔히 나눠 먹은 뒤 또다시 수다를 떨었다. 화제는 단지의 공동 텃밭 이야기로 넘어갔다. 9동 앞에 있는 자그마한 텃밭이었다.

아주머니는 거기에서 토마토와 허브를 길렀다.

"허브는 언제든지 따다 먹으렴. 필요할 때 맘껏 써."

"네, 잘 먹고 있어요."

예전부터 그런 사이였기에 종종 무언가를 부탁받아도 나쓰코는 딱히 불평할 수 없었다.

"혹시라도 제가 하기 힘들면 다른 친구한테라도 알아

볼까요? 방충망 말이에요."

"그래, 부탁할게."

"네, 가까운 시일 내에 말씀드릴게요."

다과용으로 나온 모나카*를 먹지 않고 챙긴 나쓰코는, 그렇게 약속하고 계단을 내려갔다.

3

노에치의 오빠는 나쓰코와 노에치보다 네 살 위였다. 모두 같은 지역의 공립 초등학교에 다녔다.

다만, 나쓰코와 노에치가 초등학교 3학년에 올라갔을 때 그는 이미 중학생이었다. 초등학교 5학년과 중학교 3학년. 두 사람이 초등학교 6학년일 때 그는 고등학교 1학년. 그러니 비슷하게 산 것 같아도 서로가 경험해 온 것과 바라본 풍경은 상당히 달랐다. 물론 성별도 달랐고 취향에도 차이가 있었다.

오후에 나쓰코는 방에서 느긋하게 음악을 들으며 판매에 내놓을 상품을 준비 중이었다.

---

*　　팥소를 넣어 만든 일본 과자

팔린 '상품'을 배송하는 일만큼 온라인 경매와 중고로 내놓을 물건에는 신경 쓸 일이 많았다.

우선 출품할 물건 상태를 확인하여 가능한 한 깨끗한 모습으로 만든다. 오염이나 흠이 있으면 사진으로 남긴 뒤 확실하게 상태를 설명해 둔다. 기능과 동작과 관련해 모르는 부분이 있으면 솔직하게 쓴다.

그것이 구매자 및 낙찰자와 마찰이 생기지 않는 최선의 비결이라고 나쓰코는 생각했다.

무의식중에 구매자는 의외로 싸게 잘 샀다고 생각하기 일쑤인데, 물건이 자기가 짐작했던 상태에 미치지 못하기라도 하면 판매자에게 속았다며 쉽사리 원망하기 때문이다.

나쓰코는 노에치의 집에서 챙겨온 물건도 즉시 몇 개 정도 출품해 보기로 했다. 문제아였던 노에치 오빠가 의외로 빠져 있던, 낡은 포크 음악 악보 다발을 커다란 쇼핑백에서 꺼냈다. 중고 서점에라도 들고 가면 하나쯤은 받아주겠지. 비싸봤자 수십 엔쯤 쳐줄지도 모른다.

소독액으로 표지를 닦은 뒤 안에 낙서가 없는지 확인했다. 표지와 접힌 부분의 사진, 곡목을 알 수 있도록 목차와 발행일, 정가, 발행처가 표시된 판권장도 촬영했다.

사이먼 앤 가펑클의 악보가 있길래 유튜브에서 해당

곡을 찾아 연속 재생으로 틀어놨다. 잘 아는 곡도 있었고 처음 듣는 곡도 있었다. 이 듀오와 앤디 윌리암스가 서로 마주 보며 「스카보로 페어」를 부르는 동영상이 무척 좋았다.

『파슬리, 세이지, 로즈메리 앤드 타임*』의 가치가 어느 정도인지 전혀 몰라서 일단 모든 악보를 기세 좋게 2,999엔의 가격으로 경매에 올렸다. '포크, 악보'의 키워드로 검색했더니 생각보다 상품들의 가격이 셌기 때문이다. 물론 비싼 상품은 거의 판매되지 않은 상태이긴 했다. 팔리지 않은 채 경매 기한이 지나면 가격을 서서히 내리면 그만이다.

포크부터 시티팝, 록풍의 가요까지 악보 종류가 잡다한 게 확실히 사춘기 시절의 노에치 오빠다웠다. 악보 다섯 장을 출품하고 나니 간식 타임이 되었다. 아까 받아온 모나카를 곁들여 차를 마셨다.

포장 용품과 문구류는 원체 많이 가지고 있었다. 어릴 적부터 나쓰코는 노트와 펜을 좋아한 데다, 십 대와 이십

대 시절에는 포장 마니아로 불렸다. 여전히 일러스트 일을 하는 중이니, 아무리 온라인상의 거래 쪽 수입이 많아졌다고 해도 종이와의 인연은 줄곧 끊이지 않았다.

접기 금지, 젖음 주의, 취급 주의 등 직접 디자인한 배송용 스티커도 대량으로 인쇄해 두었다.

마쓰의 핫케이크를 말끔히 먹어 치우던 노에치의 얼굴이 떠올라 나쓰코의 입가에 웃음이 번졌다.

그야말로 출근하기 싫다는 표정이었다. 설령 목소리가 차단되어 그녀의 말이 전혀 들리지 않는 상태일지라도 알아차릴 수 있을 정도였다.

나쓰코는 파란 볼펜으로 메모지에 사각사각 노에치의 얼굴을 그렸다. 피식 웃으면서.

사실적으로 그린 노에치의 얼굴 옆에 그림 편지 느낌의 문구를 첨가했다.

더 먹을 수 있는데.

그러고 나서 마스킹테이프로 벽에 붙여두었다.

오후 출근이었는데도 이미 녹초가 된 노에치가 저녁에 나쓰코의 집에 왔다.

"가끔은 부모님이랑 밥 먹어야 하는 거 아냐? 적적해
하실 텐데. 여기에서 걸어가면 고작 1분 거리잖아."

저녁 메뉴를 고민하며 나쓰코가 말했다.

"두 양반, 사이가 좋으니 괜찮아. 둘만의 세계를 좋아
한다니까. 방해 안 할래."

노에치는 시원스레 대답한 뒤 선물이라며 종이로 된
쇼핑백을 건넸다.

가지쓰엔 리베르*의 과일 샌드위치였다. 제철 과일인 감
으로 만든 샌드위치도 함께 들어 있었다.

"우와!"

흥분한 나쓰코는 부리나케 샐러드를 만들고 두툼한
햄을 구운 뒤 다르질링 홍차를 끓였다.

"끝내주는 조합이잖아."

감격에 겨워 노에치와 함께 샌드위치를 먹었다. 극도로
얇은 빵에 적당히 단 생크림, 각각 단맛과 신맛을 내는
딸기와 키위, 망고, 파인애플이 어우러지면서 풍부한 식
감을 만들었다. 이 훌륭한 과일 샌드위치는, 얼마 전 단
샤리만큼이나 즐겨 보는 BS의 요리 프로그램을 통해 알

•　　다양한 생과일로 만든 파르페와 케이크, 샌드위치를 파는 디저트 전문점

게 되었다.

정확히 따지면 예전부터 가게의 존재는 알고 있었지만 매장에 방문하거나 과일 샌드위치를 먹어본 적은 없었다.

맛집 소개 잡지의 편집장이 출연하여 자신이 좋아하는 식당을 찾아간 뒤, 메뉴를 배우고 직접 만들어보는 프로그램이었다. 가게 직원이 먼저 시범을 보이자 능청스러운 편집장(추정, 오십 대 후반의 남성)이 이어서 과일 샌드위치를 만들었다. 너무 두껍게 발라 볼품없어진 생크림을 보면서 노에치와 마냥 웃으면서 먹고 싶다고 말한 적 있었다.

물론 원조 과일 샌드위치 쪽을.

감 샌드위치 안에는 통통하고 커다란 과일이 들어 있었는데, 그 숙성된 정도와 한층 단맛을 더한 생크림의 조합이 그야말로 절묘했다.

더군다나 그 가격이 세금 포함해서 500엔이라는 말을 들었을 때는, 질에 비해 너무 저렴해서 깜짝 놀랐다. 샌드위치의 절반은 디저트로 남겨뒀다가 때마침 방영하던 소피아 코폴라˚의 영화를 보며 천천히 맛을 음미했다.

---

*   Sofia Coppola : 미국의 영화감독. 프랜시스 포드 코폴라 감독의 딸로 유명하다.

노에치는 원체 패셔너블한 연출로 유명한 이 감독의 영화라면 사족을 못 썼고 나쓰코 또한 즐겨 보는 편이었다. 둘 다 처음 보는 작품이었는데 할리우드 스타들의 집에 몇 번이나 도둑질하러 드나들던 고등학생들의 실화를 바탕으로 만든 영화였다.

유명인 저택에 침입하기 위해 그들이 처음에 썼던 방법은 현관 매트 밑에 놓아둔 열쇠를 이용하는 것이었다. 실화가 아니었다면 묘사하기 힘든 내용처럼 보였다.

영화를 다 본 뒤 실제 모델이었던 피해자 패리스 힐턴을 스마트폰으로 검색했다가 그녀의 신발 크기가 280센티미터라는 정보에 경악하고 있는데(영화에서도 발이 크다고 언급했었다), 경매 입찰이 되었다는 알림이 떴다.

오늘 막 출품했던 악보 다섯 장 중 하나의 구매자가 나타난 모양이었다.

사이먼 앤드 가펑클!

그러나 예상과 달리 일본의 포크 듀오인 브레드 앤드 버터의 악보였다.

"세상에! 악보가 입찰 됐어!"

나쓰코는 노에치에게 스마트폰 화면을 바로 보여줬다.

"대박!"

흥분한 목소리로 말하면서도 노에치는 자꾸 눈을 끔뻑거렸다. 역시 오십 살이다. 스마트폰 화면에 눈의 초점을 맞추려 애를 쓰는 모양새였다.

"그러게! 2,999엔."

"아까 가져갔던 거잖아."

"맞아. 아쓰 오빠 대단한데. 그거 진짜 보물단지였어."

나쓰코는 재차 스마트폰 화면을 보며 감탄했다.

설정한 경매 기한은 사흘이었는데 팔리지 않으면 그대로 한 번 더 사흘간의 시간을 줬다. 그랬는데도 팔리지 않으면 역시 사흘간. 그런 식으로 여러 번 출품해도 팔리지 않을 때는 가격을 1,000엔씩 내릴 생각이었다.

그랬는데 대뜸 입찰이 되었다.

거기다 나머지 네 장에도 관심을 보이는 사람이 많았는지 조회수가 상당했다.

"악보가 인기 많은가 봐. 음…… 더 있지?"

노에치 집의 벽장을 떠올리며 나쓰코가 말했다.

"그럼. 팔래?"

"응!"

당연하다는 듯 대답한 나쓰코는, 더 미적거리려는 노에치를 닦달하여 그녀의 집까지 따라갔다.

"어머나, 어서 오렴. 낫짱, 오늘은 두 번이나 보네."

노에치의 엄마가 생글거리며 맞아주었다. 아빠는 욕실에 들어간 모양이었다.

그로부터 며칠에 걸쳐 나쓰코는 여러 번 노에치의 집을 방문했다.

노에치 오빠의 보물 상자를 세 번이나 열어서 악보로만 스무 장 이상을 챙겨왔다.

"그나저나 악보가 왜 이렇게 많아? 아쓰 오빠가 직접 산 거야?"

문득 신경 쓰여서 나쓰코가 물었다.

"고등학교 때부터 쭉 밴드를 했었거든."

노에치가 회상하듯 말했다.

"그리고 절반쯤은 사촌한테 물려받았을걸. 부잣집 사촌."

"히로시? 시게루였던가?"

"시게루."

그와는 어릴 적에 나쓰코도 만난 적이 있었다.

여하튼 나쓰코는 몇 번이나 그런 식으로 보물을 찾으러 노에치 집에 들렀다.

"너희 요즘 무슨 꿍꿍이니? 소곤소곤 내 방에서."

오십이나 먹었는데도 노에치의 엄마에게 의심의 눈초리를 받을 정도였다.

4

아무래도 힘들 것 같으면 남자 지인들 가운데 누군가라도 알아볼 생각이었다.

방충망, 교체, DIY

이 키워드로 검색해 보니 상당한 여자들이 집의 방충망을 직접 수리한다는 사실을 알았다.

이해하기 쉬운 교체 영상이 여러 편 업로드된 상태였으며 교체용 망과 도구도 100엔숍에서 팔고 있었다.

"이런 식으로 수리해도 괜찮으세요? 아무래도 초짜라서 마무리가 어설플 텐데."

나쓰코는 공동 텃밭에서 사쿠마 아주머니를 발견하고 물었다.

"괜찮고말고. 그게 좋아."

마치 시인 가네코 미스즈나 아이다 미쓰오 같은 말투로 대답하여 나쓰코는 그 일을 맡기로 했다.

"그러면 해볼게요."

아마도 프로 업자한테 의뢰하기보다 아는 사람이 간단히 고쳐주길 바라는 모양이었다.

역 앞 100엔숍에서 필요한 도구들을 사 모은 뒤, 다음 날 휴가였던 노에치도 불러서 사쿠마 아주머니 집으로 갔다.

아무리 동영상을 보고 파악했다고는 하지만, 방충망을 뜯어서 교체하는 일은 처음이었다. 힘쓰는 작업도 있을 듯해서 혼자서는 역시 불안했다.

"어머, 둘이서 왔네?"

사쿠마 아주머니는 기뻐하는 기색이었다.

"어서 들어오렴."

환영을 받으며 안으로 들어갔다. 아주머니가 베란다 앞의 마루방을 열어줘서 그곳에 날짜가 지난 신문지를 깐 뒤, 아주머니의 힘까지 빌려 셋이서 식탁 위치를 살짝 옮겼다. 그러고 나서 목장갑을 끼고 베란다에서 노에치와 함께 방충망을 벗겨냈다.

동영상에서 이미 순서를 확인했지만, 아마 나쓰코 혼

자였다면 버거웠을 것이다. 베란다의 방충망은 생각보다 훨씬 컸다.

공연히 부딪히는 일이 없도록 조심스레 방충망을 실내로 옮긴 뒤 신문지 위에 눕혀 드디어 교체 작업에 들어갔다.

알루미늄 틀의 홈 사이에, 끈 모양의 고무가 망의 테두리를 따라 한 바퀴 빙 둘려 있었다.

이것이 방충망의 기본 구조였다.

100엔숍에서 산 전용 도구로 고무의 끝을 끄집어낸 뒤, 홈을 따라 기다란 고무를 쭉 잡아당기면 망가진 망의 자투리까지 전부 제거할 수 있었다.

그런데 어딘가 불필요한 힘이 실렸는지 창살 위쪽의 망까지 일직선으로 찌익, 하고 떨어져 버렸다. 결국 창살 위아래 망을 모두 교체하기로 했다.

"죄송해요, 위쪽도 떨어져 버렸네요."

옆에서 지켜보는 아주머니에게 사과했다.

"괜찮아, 어차피 망가지기 직전이었잖니. 바람 좀 불었다고 떨어질 정도니 말이야."

아주머니는 별일 아니라는 투로 웃었다. 위쪽 고무를 노에치가 제거했다. 의자에 앉아 있던 아주머니가 콧노래로 「천 개의 바람이 되어」를 불렀다.

방충망은 준비한 양으로도 충분해 보였다.

이제 '테두리보다 더 큼직하게 망을 자르기 → 망이 팽팽해지도록 테두리에 클립으로 임시 고정하기 → 새 고무를 홈에 꼭 맞게 끼워 넣기'만 남았다.

마무리로 창틀에 상처가 나지 않도록 칼끝을 조심하면서, 고무 틈 밖으로 비어져 나온 만큼의 망을 커터로 잘라 떼어내면 끝이다.

고무를 홈에 끼우거나 떼어낼 때는 한쪽에는 롤러가, 다른 한쪽에는 칼이 달린 100엔숍의 도구로도 충분했다.

그래도 예상보다 두 배의 시간을 들여 노에치와 둘이 작업을 마친 뒤, 아주머니에게 가까스로 방충망을 교체했다며 확인시켜 주었다.

완성된 모습에 불만은 없어 보였다.

서둘러 쓰레기를 정리하고 셋이서 식탁을 원래 위치로 되돌려 놓았다.

"고맙구나. 쓰레기는 내가 나중에 버릴 테니 좀 쉬렴."

아주머니가 냉녹차를 내왔다. 꿀꺽꿀꺽 차를 마시는 나쓰코 옆에서, 노에치는 더 요란한 소리를 내며 마셨다.

"역시 젊어서 좋구나. 든든하네."

아주머니가 진지한 투로 말했다.

"아주머니, 저희 벌써 오십인걸요."

안도의 한숨을 내쉰 나쓰코가 웃으며 대꾸했다. 가까스로 기대에 부응한 느낌이었지만, 생각 이상으로 작업이 힘들었던 터라 평소에는 사용하지 않는 힘까지 쓴 기분이었다. 내일이나 모레쯤에는 근육통에 시달릴 것 같았다.

"아직 한창인데 뭘. 이 동네에선 오십이면 아직 꼬맹이나 마찬가지지."

"꼬맹이라뇨."

노에치가 쿡쿡 웃었다.

"여긴 나이 든 사람들뿐이잖니. 여자야 그럭저럭 있는데, 남자는 죄다 할아버지들뿐이니까. 특히 낮에는 말도 마. 툭하면 거들먹거리거나 화를 내질 않나, 까딱했다간 골절상을 당하질 않나. 오늘 같은 일도 웬만해선 부탁하기 힘들단다."

사쿠마 아주머니는 사소한 불만을 터트렸다.

"우리 피자 먹을까? 배고프지?"

그러더니 불쑥 말을 꺼냈다.

"먹고 싶어도 혼자서는 영 엄두가 안 나서 말이야. 응? 같이 먹자. 내가 쏠게."

나쓰코는 노에치와 서로 눈빛을 교환한 뒤 대답했다.

“좋아요. 잘 먹겠습니다.”

아주머니는 기쁜 듯 자리에서 일어서더니 전단을 손에 들고 피자집에 전화를 걸었다. 주문을 마친 뒤 수화기를 내려놓은 그녀는 아쉬운 듯 말했다.

“역 근처에 있었던 살바토레는 폐업해 버렸잖니.”

이탈리안 레스토랑의 이름을 척척 말하는 걸 보니 어지간히 피자를 좋아하는 모양이었다.

“아들 부부를 따라 한 번 나폴리에 간 적이 있었단다. 세상을 뜬 남편도 함께 갔지.”

아주머니는 말을 이었다.

“그때 화덕에서 구운 마르게리타 피자를 먹었는데, 쫀득쫀득하니 어찌나 맛있던지.”

그런 추억이 떠올랐나 보다. 하지만 주문한 건 네 가지 맛을 즐길 수 있는 알뜰 피자였다.

라지 사이즈 피자가 도착하자, 아주머니는 금세 두 조각을 먹더니 감격에 찬 표정으로 말했다.

“어쩜! 치즈는 왜 이렇게 맛있을까.”

과하다 싶을 정도로 진지한 말투에 나쓰코는 무심코 미소가 새어 나왔다.

“둘 다 천천히 먹으렴. 젊으니까 많이 먹을 수 있잖니.”

"그럼요. 특히 노에치는요."

나쓰코가 괜한 소리를 하자 노에치가 눈을 흘겼다.

피자를 잔뜩 얻어먹고 재료비 외에 각각 시급 1,000엔씩 수고비를 받았다.

"됐어요, 돈은 정말 안 주셔도 돼요. 피자도 사주셨잖아요."

두 사람 모두 수고비를 거절하려 했지만, 어느 틈에 준비해 놓았는지 아주머니는 세뱃돈을 담을 만한 작은 봉투를 막무가내로 쥐여주었다. 극구 사양하며 돌려줘도 끈덕지게 다시 쥐여주는 통에 둘 다 감사히 받기로 했다.

문구 마니아인 데다 캐릭터 상품이라면 사족을 못 쓰는 나쓰코로서는, 뿌리치기 힘들 만큼 귀여운 그림이 그려진 봉투였다. 1980년대 전파사에서 보곤 했던 내셔널*의 어린이 캐릭터가 그려져 있었다.

"그나저나 다른 사람들한테 말해도 될까? 너희 둘이 방충망을 고쳐준 거."

생글생글 웃으며 현관까지 배웅해 주던 사쿠마 아주머니가 장난스러운 말투로 물었다.

---

* 당시 유행하던 가전 브랜드로 현재 파나소닉의 전신

“아뇨, 절대 안 돼요.”

나쓰코가 기겁하며 대답했다.

5

브레드 앤드 버터의 악보는 급기야 3,699엔까지 경매
가가 오르더니 낙찰되었다.

처음 입찰한 사람 말고도 원하는 이가 더 있었던 모양이
었다.

출품하자마자 입찰이 들어왔다고 해서 호들갑을 떨
때가 아니었다.

물론 이를 계기로 악보 출품에 대한 열정이 점점 높아
져서, 한동안 나쓰코는 노에치 집에서 들고 온 악보들만 출
품하게 되었다.

관리하기 쉬운 타이밍을 노려 한 번에 여러 장씩 출품하
는 동안 고다이고의 「시엠송 그라피티」가 5,270엔, 오타키
에이치의 「나이아가라 박스」가 2,999엔, ‘크로스비, 스틸
스, 내시 앤드 영’의 악보가 3,450엔에 팔렸다.

이어서 옐로 매직 오케스트라(YMO)의 악보 모음집이
1,999엔, 레드 제플린이 1,999엔, 야마시타 다쓰로의 기타

용 악보가 1,999엔, 사노 모토하루 베스트 송이 1,009엔으로 애매하게 에누리된 가격으로 순조롭게 팔렸을 뿐만 아니라 입금도 정확히 들어왔다. 차질 없이 배송하여 구매자로부터 좋은 평가도 받은 나쓰코는 분명 악보 거품 덕분이라는 걸 알면서도 마음이 한껏 부풀어 올랐다.

나쓰코는 인터넷으로 즉시 맛있는 음식을 주문한 뒤 저녁 준비를 하며 말했다.

"노에치, 오늘은 진수성찬이야. 아까 막 돈이 들어온 거 있지. 악보가 먹여 살려주네."

그러는 사이 뒤늦게 출품한 악보들도 속속 팔리더니 다시 큰 수입을 올렸다.

"우와! 또 팔렸네. 악보 최고다!"

스마트폰 화면을 확인한 나쓰코는 그걸 노에치에게 보여주러 갔다.

노에치는 직장에서 불쾌한 일을 또 겪었다고 한다. 그녀는 풀이 죽은 채 아로마 램프의 조명을 낮춘 후 방에 누워버렸다. 그렇게 사이먼 앤드 가펑클의 노래를 연속으로 듣고 있다가, 갑자기 벌떡 일어나더니 말했다.

"진짜 '빅 웨이브'가 왔네*!"

둘이 오빠의 보물 상자를 낱낱이 뒤적거린 터라, 최근 출품한 상품에 관해서는 어떤 게 팔릴지 서로 진지하게 이야기하곤 했다.

"그러게! 빅 웨이브야."

나쓰코도 신이 나서 대꾸했다. "지금까지의 낙찰가 중 최고가야. 악보 중에 최고라고. 진수성찬으로 차리고도 남아."

"오, 그 정도야?"

노에치는 익살스레 받아치더니 자리에서 일어나 전등을 켜고 민첩하게 식탁을 정돈하기 시작했다.

나쓰코는 주방으로 돌아가 오늘의 진수성찬을 쟁반으로 날랐다.

이 부가가치는 대체 뭘까. 수십 년이나 묵혔던 낡은 악보가 고가가 된다. 그 세월 동안의 보관료인 걸까. 빈티지의 마력이다. 이 단지도 이대로 계속 버티고 있으면 점점 가치가 오르지 않을까.

나쓰코는 노에치와 접이식 밥상에 진수성찬을 늘어놓
았다.

"오빠, 고마워."

"오빠, 잘 먹을게요."

악보값에 마음이 너무 부풀어 사버린 장어구이와 푸짐
한 양의 교토식 채소절임을 감사하는 마음으로 먹었다.

오늘의 판매액

☐	악보 모음집·야마시타 다쓰로「big wave」 (기타와 베이스 악보 포함)	9,886엔

오늘의 쇼핑

☐	장어구이 시모무라 (305그램/꼬치 2~3개들이)	5,400엔
☐	교토식 채소절임 니시리 (교토식 담백한 절임·일곱 종류 모음)	3,000엔

버릴 수 없는
두 사람

1

"낫짱, 방충망 수리 좀 부탁해도 될까?"

7동의 후쿠다 씨가 불쑥 집에 찾아온 건 은행나무 가로수가 물들기 시작한 11월이었다.

그녀와는 몇 년 전 나쓰코의 엄마가 자치회 임원으로 활동하던 시절에 친해졌는데(나쓰코도 덩달아 살짝), 늘 오가며 인사만 나누는 정도였기에 거리가 먼 이웃이나 마찬가지였다.

해마다 두 차례 커뮤니티 센터에서 열리는 단지 내 노래 경연대회에서, 후쿠다 씨는 유카타˙ 차림으로 「아마기 고개」를 열창하거나 아이라이너로 입 주변에 수염을 그

˙　목욕 후나 여름철에 입는 무명 홑옷의 기모노

린 채 가쓰 신타로*의 자토이치를 흉내 내곤 했다. 단지에서는 재주가 많기로 유명한 사람이었다.

"여기저기 망가지고 찢어진 곳투성이라 계속 거슬렸는데, 벌써 몇 년이나 방치 상태지 뭐니."

'아이고, 절대 못 고쳐요'라며 나쓰코는 즉시 거절하고 싶었다.

"부탁할게!"

그러나 귀엽게 두 손을 모아 간청하는 자그마한 체구의 아주머니. 나이로 치면 진작 할머니일 후쿠다 씨를 냉정하게 돌려보내려니 아무래도 마음이 짠했다.

끼가 있고 예쁘장한 독신의 후쿠다 씨 주변에는 추근대는 남자 주민들이 꽤 있었던 모양이다. 모임 때마다 그녀를 쫓아다니는 할아버지들이 몇 명이나 있었고 "누구 아빠한테 알랑거렸다던데", "우리 남편한테 아양을 떨었다니까", "저 사람 후처 전문 아냐? 가케인가 하는 사람이랑 닮지 않았어?", "실은 상점가 중국집 주인이랑 오랫동안 불륜 관계였대" 하는 식으로 후쿠다 씨에겐 질투에 가까운 이성 문제 소문이 늘 따라다니곤 했다. 그렇다고

---

* 〈자토이치〉 시리즈에서 주인공 '자토이치' 역을 맡았던 영화배우

아는 멋진 남자한테 부탁해 보시라고 내치기도 거북스러웠다. 예뻐서 인기 있는 사람도 그 나름대로 이래저래 신경 쓸 일이 많을 테니까.

되도록 남자에게는 빚지지 않으려 한다든가, 무심코 집에 들였다가 상대의 수컷 본능을 깨우는 일이 없도록 철저히 경계하고 있는 건지도 모른다.

게다가 사쿠마 아주머니도 말했듯 남자를 찾는다 한들 대낮에 이 주위에는 고령자뿐이니, 역시 힘쓰는 일을 부탁하기에는 신경 쓸 일이 한두 개가 아닐 듯했다.

"저도 일전에 처음 해본 작업인데 생각 이상으로 힘들더라고요. 뭐든 일일이 시간이 걸리니까, 역시 전문가가 할 일이지 제 역량으로는 벅차더라고요. 나중에는 여기저기 온몸이 쑤시는 통에 자면서도 앓는 소리를 했다니까요."

나쓰코는 최선을 다해 '불가능하다'는 어필을 해봤지만, 상대도 수락을 받아내기 전까지는 부탁하는 자세를 절대 풀지 않겠다고 작정한 사람처럼 보였다.

결국 그날 후쿠다 씨 집에 가서 방충망 상태를 확인한 뒤, 그야말로 업자라도 된 것처럼 "아아, 네네, 알겠어요. 이거라면 교체할 수 있을 것 같아요"라며 수락하고 일단 돌아왔다.

그날 밤, 나쓰코는 놀러 온 노에치에게 다음 휴일 일정을 물었다.

"뭐? 또! 이제 진짜 그만둔다고 그날 맹세했잖아."

지난번에 나란히 근육통에 시달린 터라 어처구니없어하면서도, 노에치 또한 나쓰코 만큼이나 거절하지 못하는 성격이라 마지못해 같이 가주었다. 인생 두 번째 방충망 교체 작업은 처음보다 시간도 약간 단축되고 그럭저럭 마무리도 깔끔하게 끝났다.

"세상에! 친구라 그런지 척하면 척이네. 정말 고맙다. 옛날부터 난 여자 친구가 거의 없어서 이런 거 부럽더라."

우키요에*의 미인이 그려진 커다란 맨투맨 티셔츠에 검정 타이츠를 입은 후쿠다 씨는 무척 기뻐했다.

"피자 주문했으니까 먹고 가렴."

네 가지 맛을 즐길 수 있는 피자를 얻어먹으면서 후쿠다 씨의 소싯적 이야기를 들은 뒤(온천 지역의 행사에서 댄서로 일한 적이 있다고 했다. 역시나 재주꾼이다), 각각 1,000엔짜리 지폐가 든 고풍스러운 돈봉투를 받았다.

---

* 에도시대에 유행했던 풍속화로 주로 유곽의 정경이나 미녀, 배우 등을 주제로 그렸다.

그 뒤로 같은 의뢰가 연거푸 두 건이나 들어왔다.

어느 집이든 작업을 마치면 피자가 배달돼서, 나쓰코는 대체 이 단지 안에 어떤 소문이 퍼진 건지 의아했다.

"아참, 아주머니!"

그 뒤 얼마 지나지 않아 사쿠마 아주머니와 마주쳤다.

"왜 그러니, 낫짱. 노에짱도 같이 있네."

여전히 앙고라 모자에 활동적인 차림으로 사쿠마 아주머니가 움찔하듯 말했다. 어쩌다 보니 나쓰코와 노에치 둘 다 투박한 청재킷 차림이었으므로, 단지 내 사설 경찰한테 붙잡히기라도 한 듯한 모양새였다.

"혹시 둘이 날 찾고 있었니?"

"그런 건 아니에요. 지금 노에치랑 마쓰에 핫케이크 먹으러 가던 길이었어요."

나쓰코는 솔직하게 대답했다. 숫자 5가 포함된 날짜에 가면 주는 핫케이크 할인권을 꽤 모아서 오늘은 그걸 사용할 생각이었다.

"아주머니도 같이 가실래요? 핫케이크 할인권, 잔뜩 있거든요!"

"어머, 찻집 말이니? 그거 좋지. 한번 가볼까. 찻집 같은 곳에 혼자서는 못 들어가니까."

나쓰코보다 윗세대에는 그런 사람이 꽤 많았다.

역 앞 마쓰에 간 세 사람은 가장 구석에 있는 벽 쪽 소파 자리에 앉았다. 할인권 세 장을 써서 핫케이크와 각각 마실 음료를 주문했다.

그러고 나서 나쓰코는 한숨을 내쉬며 물었다.

"아주머니, 방충망 교체한 일 말인데요. 여기저기 소문 내셨죠?"

거의 애를 나무라는 듯한 말투였다.

"어머, 여기저기라니. 딱 한 명뿐이었어."

검지를 세우며 사쿠마 아주머니가 말했다.

"글쎄, 친구가 집에 왔는데 '어머, 방충망 말끔해졌네'라며 알아보잖아. '어떻게 된 거야? 어디에 부탁한 거니? 가르쳐줘, 얼마나 들었어?'라고 묻는 통에…… 알잖아, 나 거짓말 못 하는 거. 그래서 깜빡 진실을 말해버렸단다."

두 손을 포개며 "미안하게 됐구나"라고 아주머니가 사과했다.

"됐어요, 괜찮아요."

당황한 나쓰코는 웃으며 대꾸했다.

물론 진심으로 나무랄 생각은 없었다. 앞으로 도움을 줄 일이 또 생길지는 알 수 없지만, 덕분에 가능한 일이 하나 늘어난 셈이었다.

2

악보 매출이 뚝 끊긴 뒤 얼마간 시간이 흘렀다.

거의 한 달에 걸쳐 실컷 거품을 맛보다가, 마침내 경매 기한을 여러 차례나 넘긴 끝에 가격을 깎아도 팔리지 않는 악보만 남았다.

전부 서른 장 남짓 들고 왔는데 그중 열두세 장 정도가 남아 있었다.

나쓰코의 식생활도 그야말로 궁상스러워졌다.

최근 악보 거품에 취한 나머지 거의 잊고 지냈지만, 사실 나쓰코의 평소 식사 패턴으로 돌아왔을 뿐이다.

단지를 떠나 혼자 살던 시절에도 밤낮으로 드나들던 프리랜서 친구들은 나쓰코의 검소한 '절밥'을 보며 기막혀하거나 놀리기 일쑤였다.

기본 반찬은 국 하나에 나물 하나. 고기 없이 사찰 음식 같은 반찬만 직접 만들어 먹었다.

오늘 저녁은 보리와 묵은쌀을 반반 섞어 지은 밥에 매

실장아찌를 넣고 푸성귀 비빔밥의 재료인 후리카케* '히로시'를 섞은 밥 한 공기 분량의 주먹밥이었다.

그리고 막 정기배송으로 도착한 채소 중에서,

- 화이티(하얀 송이버섯) 1/4봉지
- 스틱 세뇨르(막대 모양 브로콜리 가지) 1개
- 트레비스(녹색과 적자색의 대비가 아름다운 치커리류) 1장

위 세 재료를 마늘 기름에 볶아 간단히 만든 소테** 하나를 추가했다.

"어때?"

놀러 온 노에치에게도 대접했다.

"응, 맛있어."

맛있다는 듯 덥석덥석 잘도 먹으며 노에치가 대답했다. 메뉴가 갑작스레 궁상맞아진 사실도 거의 눈치채지 못한 모습이었다.

"넌 뭐든 맛있구나?"

"남이 만들어준 거잖아. 그것만으로도 맛있지."

정말 무엇이든 먹을 듯한 기세로 노에치가 대꾸했다.

"그래도 내가 만든 요리가 맛있다는 건 아닌 거네."

"네 요리야 당연히 맛있지. 가정 시간에 실습 반장이었고 음식점 아르바이트도 많이 했잖아."

"아, 그런가. 그러면 다행이고."

과거를 꿰뚫고 있는 친구에게 새삼 꼬치꼬치 말해봤자 소용없는 일인지도 모른다. 나쓰코가 노에치를 그 자체로 받아들이듯, 노에치 역시 나쓰코는 그저 나쓰코일 뿐이라고 생각할 테니까.

사십몇 년을 계속 친구로 지내면 그런 법이다.

"난 이런 말도 들었어. 내가 만든 밥은 요리가 아니라 조리라나. 그런데 어차피 피장파장 아냐? 그야 진심을 담지 않았다는 뜻으로 한 말이었겠지만."

이 또한 나쓰코가 이미 수십 번이나 들어온 이야기였다.

노에치가 매실장아찌와 푸성귀 비빔밥의 재료를 섞어 만든 주먹밥을 의외로 마음에 들어 하길래, 나쓰코는 '히로시'라는 비빔밥 재료에 관해 설명해 주었다. 히로시마산 배추를 사용한 '히로시'는, 차조기 밥의 재료인 '유카리'와 같은 브랜드의 신제품이었다.

"이름 시리즈˚네!"

노에치가 웃으며 말했는데, 실제로 그 브랜드에서는 '아카리' '가오리' '우메코'라는 후리카케도 출시하고 있었다(100엔 균일가에 구매 가능). 다음에는 어떤 상품명이 나올지 추측해 보며 한바탕 웃은 뒤, 녹화해 둔 단샤리 프로그램을 한 편 봤다.

그다음에는 노에치가 돈키호테˚˚에서 산 팝콘을 알루미늄 접시 채로 불 위에 올려 튀겼다.

커피를 끓인 뒤 그물 선반에서 DVD를 골라, 약간 영화관 분위기를 연출하면서 오랜만에 왕가위 감독의 『해피투게더』를 봤다.

양조위와 장국영이 아르헨티나를 여행하는 권태기 게이 커플을 연기한 작품이었다.

"장국영 콘서트 보러 갔었잖아."

버터맛 팝콘을 입에 던져넣으며 나쓰코가 말했다. 아마 이십 년 전쯤에 도쿄 국제 포럼에서 열린 콘서트였다.

"그러게. 장국영이 새빨간 하이힐을 신고 나왔었는데."

노에치도 손으로 크게 팝콘을 움켜쥐었다.

"맞아, 그랬지. 「홍」을 불렀던가."

"이 연기, 진짜라잖아."

방 안에서라면 무책임하게 지껄이든 무슨 상관이랴.

극 중에 등장하는 이구아수폭포 램프가 아름다워서, 나쓰코는 그 장면을 볼 때마다 어김없이 갖고 싶어졌다. 원통형 둘레를 따라 폭포 그림이 그려진 전등갓 안에서 불빛이 천천히 돌아갔다.

회전하는 빛이 만들어내는 음영에 따라 폭포 그림의 풍경이 바뀌는 모습이 참으로 아름다웠다.

아니나 다를까, 이번에도 램프가 갖고 싶어져 검색했는데 마침 온라인 경매에 상품 하나가 등록되어 있었다. 개시 가격은 50,000엔이었다.

순간의 충동만으로 꼭 사서 가질 만한 가격은 아니었다.

나쓰코와 노에치의 방충망 교체는 여자 혼자 사는 집 세 곳만 방문한 뒤 일단락되었다.

남자 일손이 있는 집이나 남자만 사는 세대에서는 아무래도 방충망 정도는 즉각 수리해 버릴 테니까.

설마 실내에 벌레가 들어와도 개의치 않는 건가.

아니면 환기 따위 별 필요 없다는 듯 평소 방충망 자체를 사용하지 않은 채 생활하는 걸까.

피자와 시급 1,000엔에 나쓰코 콤비가 방충망을 고쳐 주고 같이 피자도 먹으며 떠들 수 있다는 유언비어의 절반을 퍼뜨린 사람은 애초에 사쿠마 아주머니였으니, 아직은 여자들 사이에서만 떠도는 정보일 수도 있었다.

설사 곤란한 상황일지라도 꼬맹이(사쿠마 아주머니가 부르길)한테 부탁하는 건 남자로서 자존심이 허락하지 않을지도 모른다.

다음 휴일에 노에치는 방충망 교체 의뢰도 없어서 나쓰코와 같이 자전거를 타고 유료 낚시터에 갔다.

근처 공원에는 종종 가곤 했는데, 자주 눈에 띄던 유료 낚시터에도 들어가 보고 싶어진 것이다.

이렇게 함께 놀러 다니는 걸 보면 정말이지 어린 시절과 전혀 다를 바 없었다.

대략 이십오 분 정도 가면 커다란 공원 중앙에 유료 낚시터가 나왔다. 파란 하늘에 구름 한 점 없어서 사이클링하기 딱 좋은 날이었다.

강가의 길을 천천히 내려가다가 선로를 건너 동급생이 결혼식을 올렸던 하치만구 신사 앞을 지난 뒤 나무가 무성한 공원 옆에 자전거를 세웠다. 신종 코로나바이러스가 유행한 이후로 나쓰코나 노에치나 그야말로 운동 부족이었던 탓에 여기 오기까지 숨이 턱까지 찼지만, 잠시 마스크를 벗고 심호흡을 하면 나아졌다.

낙엽을 저벅저벅 밟으며 구석으로 향했다. 공원 안에 듬성듬성 들어서 있는 민가 주변을 벗어나 물이 가득한 연못을 바라보며 걸었다. 연못 저편으로 예쁘게 물든 잎을 미소 띤 얼굴로 바라보던 나쓰코는, 순간 그 붉은 잎 아래 커다란 새가 멈춰 선 모습을 발견하고 놀랐다.

"엄청 크네."

"뭐가?"

"새, 새 말이야."

"백로인가."

근처에 안내판이 있어서 둘은 열심히 들여다봤다. 공원 안에 서식하는 야생 새의 종류를 알리기 위해 사진을 넣은 안내판이었다.

"이거네."

"저건 왜가리인가 봐."

"그렇구나."

"아, 저쪽에도 한 마리 있다."

연못을 바라보며 걷다보니 드디어 사람이 모인 광장이 나왔다.

점찍어 둔 유료 낚시터가 그 앞에 있었다.

칠십 년쯤 전부터 영업해 온, 서민 느낌이 물씬 풍기는 낚시터였다.

그런데도 어린 시절에 온 기억은 없었는데, 단지에서 더 가까운 인근 지하철역에도 유료 낚시터가 있어서였다.

시골에 살던 할아버지가 나쓰코 집에 올 때면, 나쓰코는 할아버지를 따라 그곳에 여러 번 갔었다. 어촌에서 자란 할아버지는 낚시가 자랑이었는데 그 낚시터에서 커다란 잉어를 낚아 돌아오곤 했다.

그런 곳의 잉어를 정말 집에 가져와도 괜찮았던 걸까.

할아버지가 규칙을 지키지 않은 채 멋대로 가져와 버린 건 아닐까. 집에 가져온 잉어를 어떻게 했는지는 너무 옛날 일이라 나쓰코도 잊어버렸지만.

낚시터였던 그 자리엔 이제 아파트가 들어섰다.

삼십 분 제한으로 어른 두 명 입장료를 낸 뒤 주먹 크기의 먹이 반죽이 든 플라스틱 접시를 받았다.

낚시찌와 바늘이 달린 가느다란 장대를 하나씩 골라서, 두 군데 있는 네모꼴 연못의 구석으로 갔다. 나쓰코는 뒤집힌 맥주 상자에 걸터앉아 먹이 반죽을 작게 떼어 빚은 뒤 바늘에 꿰고 바닥이 보이지 않는 어두운 연못에 퐁당 늘어뜨렸다.

2미터 정도 떨어진 장소에서 노에치도 같은 자세를 취하고 있었다. 연못 중앙에는 커다랗게 입을 벌린 회색 상어 조형물이 머리를 내밀고 있었다. 영화 『죠스』가 유행하던 시절의 흔적일까.

"이런, 먹이가 사라졌네."

한참 뒤 노에치가 말했다. 낚싯줄을 끌어올려 먹이가 사라진 바늘을 이쪽으로 팔랑팔랑 흔들어 보여줬다.

"먹어버린 건가. 아니면 떨어졌나."

"글쎄."

고개를 갸웃하며 나쓰코도 자기 장대를 들었는데 바늘에 꽂아둔 먹이는 사라진 상태였다.

어지간히 작게 떼어 뭉친 터라 그대로 물에 녹았거나 떨어진 건지도 모른다.

나쓰코는 어린 시절 할아버지를 따라 낚시터에 들락거리긴 했지만 그 외에는 딱히 낚시를 해본 적이 없었다. 이십 대가 끝나갈 무렵에 한 번, 당시 직장 동료들과 계류 낚시를 가려고 한 적은 있었다. 그땐 가까스로 전철을 탈 수 있던 시절이었다. 나쓰코는 어떻게든 참가할 생각에, 전날 근처 도시에 혼자 사는 지인의 집에 하룻밤 묵은 뒤 전철을 타고 목적지인 캠프장에 가려고 했다. 그러나 밤이 되어서야 지인의 집에 도착한 나쓰코는 완전히 녹초가 된 상태였고, 다음 날 어떻게든 전철을 타긴 했지만 한 정거장씩 타고 내리기를 반복한 탓에 결국 약속 장소에는 가지 못했다. 꼬박 이틀이나 걸려 다시 집으로 돌아간 일을 지금도 기억하고 있었다.

나쓰코는 재차 먹이를 새끼손가락 끝만큼 떼어 꽉 뭉친 뒤 바늘에 꽂았다.

좀 더 큼지막하게. 바늘에 제대로 파고들도록.

열 살 정도의 동급생으로 보이는 남자애 셋과 그들 중 누군가의 아빠인 듯한 남자가 대각선 맞은편에서 낚싯줄을 늘어뜨리고 있었다.

나쓰코는 남자가 아이들에게 지도하는 말에 귀 기울이다가 그 내용을 옆자리 노에치에게 전했다.

"입질에 주의해. 놓칠 수도 있으니까."

"의외로 눈앞에 물고기가 있을지도 몰라."

"새로운 먹이를 바늘에 계속 꿰면 바닥에 떨어진 먹이가 쌓여서 물고기가 모여들 거야."

하얀 맥주 상자에 진득하게 앉아 있던 노에치가 "오, 그렇구나" 하며 고개를 끄덕였다.

3

몇 번이나 낚싯줄을 드리웠다.

"앗! 어느새!"

그러나 먹이는 족족 사라지기만 할 뿐, 물고기가 바늘을 물고 늘어지는 감촉도 느낄 수 없었다.

헤엄치는 등이라든가 수면을 흔드는 꼬리지느러미 같은 건 보이지도 않았다.

"물고기 없는 거 아냐?"

구제 불능의 어른 둘은 몇 분 지나지 않아 의심하기 시작했지만, 남자애 셋은 불순하게 그런 말을 하지도 않고 몇 번이나 먹이를 갈고 낚싯줄을 드리웠다가 먹이를 강탈당하는 과정을 반복하면서 가만히 낚시찌를 바라보고 있었다.

드디어 남자 보호자가 자기 낚싯대를 들어 올렸는데

검은 잉어가 걸려 있었다.

그는 뜰채처럼 보이는 손잡이가 달린 그물망으로 수확물을 건진 뒤 입에서 바늘을 제거하더니 휙 연못으로 되돌렸다. 그 일련의 동작을 매끄럽게 해내는 데 몇 초도 걸리지 않았다.

"물고기 있었네."

"그러게. 크더라."

"굉장한데. 역시 잡히는 거였어."

"같은 장대인데."

"뜰채가 필요했네."

뜰채라는 표현은 할아버지한테 들었던 말인지도 모른다. 자세히 보니 연못 주변 두어 군데에 그물망과 양동이가 한데 놓여 있었다. 나쓰코나 노에치나 아무도 그런 도구를 들고 올 생각을 하지 않았으니, 애초에 물고기를 낚아 올린다는 건 상상조차 못했을 것이다.

누군가의 장대에 물고기가 낚인 뒤에야 다른 한 명이 허둥지둥 도구를 챙기러 뛰어갔을지도 모른다.

그러나 결국 그런 일은 일어나지 않은 채, 입장료를 낸 만큼의 시간 동안 그저 둘이 먹이 반죽을 갈면서 조용히 볕을 쬘 뿐이었다.

남은 먹이 반죽과 장대를 반납한 뒤 이웃 식당에서 돈가스 덮밥과 미소오뎅°을 주문해 둘이 나눠 먹기로 했다.

음료는 둘 다 따뜻한 호지차를 주문했다.

이웃 식당이라고는 해도, 같은 건물 안에서 비닐 장막으로 낚시터와 식당이 나뉘어 있을 뿐이었다. 식당에서 술을 산 뒤 건너편으로 가서 낚시하며 마시는 사람들도 있었다.

"가격을 999엔까지 내렸는데도 안 팔리는 품목들은 어쩌지."

여기저기 취객으로 떠들썩한 식당 안에서 나쓰코는 온라인 경매 이야기를 꺼냈다.

"당분간 그대로 내버려둘까, 아니면 500엔 정도로 가격을 내려볼까?"

노에치의 오빠에게서 얻어온 악보 이야기였다.

"팔고 남은 게 뭔데?"

"사이먼 앤드 가펑클이라든가."

"그건 처음부터 올렸던 거 아냐?"

"그랬지."

●   어묵, 곤약 등에 된장을 발라 졸인 요리

“인기가 없나 보네.”

노에치는 “따라따라따라” 멜로디를 흥얼거렸다. 사이먼 앤드 가펑클의 히트곡 「사운드 오브 사일런스」의 인트로인 듯했지만, 아무래도 음치여서인지 잘 알아들을 수 없었다.

“갑자기 『졸업』 보고 싶지 않아? 어쩐지 당장 보고 싶네.”

노에치가 그렇게 말했으니 정답인 모양이었다. 확실히 그 음악은 영화 『졸업』의 주제곡이었다. 옛날부터 영화광이었던 노에치는, 중학생 시절 영화 감상을 적는 ‘영화 노트’를 갖고 있었다. 작품명과 주연, 감독뿐만 아니라 독자의 관람평과 평점까지 기록해 뒀는데, 당시 즐거웠던 기억을 나쓰코 또한 잊을 수 없었다.

“올해 BS에서 방영했을걸. 못 봤지만.”

나쓰코가 기억하는 영화도 20~30퍼센트는 노에치의 영향을 받았을 가능성이 높았다.

“엘레인이었나. 결혼식장에서 더스틴 호프만이 유리를 퍽퍽 두드리면서 외친 이름 말이야.”

그렇게 말하며 노에치는 먼저 나온 미소오뎅을 한 꼬치 먹었다.

“그 사람, 애인의 엄마랑 잤던 게 들통나서 차였잖아.”

“그랬나.”

나쓰코도 미소오뎅을 먹었다. 술술 들어가는 친숙한 맛이었다.

“맞다니까. 캐서린 로스랑 사귀면서도 그 엄마인 앤 밴크로프트랑 그 짓이 가능하다니. 잠깐만, 순서가 반대였나? 엄마랑 그런 사이였는데 딸이랑 사귄 건가? 어쨌든 그게 걸리는 바람에 딸이 도망가잖아.”

“아, 맞네. 그랬던 것 같다.”

“진짜 너무하지 않아? 그런 주제에 결혼식장까지 찾아와서 엘레인의 이름을 부르다니.”

“말도 안 되지.”

“지금이라면 확실히 악플감이야.”

“사이먼 앤드 가펑클은 가격을 555엔으로 내려야겠다.”

나쓰코는 악보값을 깎기로 결정했다.

두 사람은 온라인 경매에 관해 의논하면서 주문한 돈가스 덮밥을 먹었다. 달걀에 잘 감싸인 두툼한 돈가스와 얇게 썬 양파 위에 잘게 썬 김이 듬뿍 뿌려져 생각보다 맛이 제대로였고 소스도 달고 짭조름해서 맛있었다.

둘은 함께 자전거를 끌고 삼십 분 조금 못 걸려 단지로 돌아왔다. 노에치는 10동까지 자전거를 두러 갔다.

그런 다음 일단 돌아가나 싶었는데, 집에 들르지 않은 채 그대로 나쓰코 집으로 온 듯했다. 자전거를 두고 온 나쓰코가 집 열쇠로 문을 여는데 노에치는 벌써 그 자리에 모습을 드러냈다.

"실례하겠습니다."

"네, 들어오세요."

나쓰코의 대답을 들은 뒤 먼저 안으로 들어간 노에치는 온갖 물건을 쌓아둔 현관 옆 다다미방을 힐끗 보며 말했다.

"세상에, 이게 다 뭐야."

평소에는 슬쩍 보고 지나치더니 이번에는 도저히 그럴 수 없었던 모양이다.

"핑크색 전화기 말이지?"

나쓰코가 입을 열었다. 마침 오늘 아침에 받아온 건데 미리 알려주기보다는 불쑥 실물을 보여주며 노에치를 놀라게 해주고 싶은 마음도 있었다.

"아침에 받아온 거야. '지요 초밥'의 주인아주머니가 팔 수 있겠냐며 맡기셨어."

"거기는 결국 문 닫기로 했다더니. 벌써 폐업한 거야?"

"지난주까지 꼭 채우고 그만두셨대."

단지에서 그리 멀지 않은 모퉁이에 있던 초밥집이었다. 일 년에 몇 번씩 갈 일은 없었지만, 옛날부터 같은 자리를 지켜온 가게였다. 당연히 나쓰코의 엄마와도 서로 잘 아는 사이였다.

나쓰코는 지난달 악보 거품으로 「빅 웨이브」를 판매한 뒤 점심을 먹으러 한번 간 적이 있었는데, 코로나로 가게가 타격을 받은 데다 주인아저씨도 일흔이 넘었으니 슬슬 그만둘 때인 것 같다는 이야기를 그때 들었다.

그렇게 되지 않길 바라는 마음에 노에치와 함께 밥을 먹으러 간 거였는데.

싫은 예감이 적중한 건가.

"정말요? 그만두지 마세요. 아저씨표 초밥, 더 먹고 싶단 말이에요."

"맞아요, 계속 먹고 싶다고요."

나쓰코와 노에치가 입을 모아 말했다.

"거참, 기쁜데. 두 사람한테 그런 말도 듣고."

주인아저씨도 아주 마음이 없어 보이지는 않았다. 하지만 이미 결심한 상태였겠지. 폐업은 일사천리로 진행되더니 주인아주머니로부터 "이런 물건도 팔 수 있을까?"라며 연락이 왔고 핑크색 공중전화기를 맡게 되었다.

접이식 운반 카트로 간단히 운반할 수 있을 정도의 무게였지만, 방에 가져다 두니 생각보다 존재감이 있었다.

"역시 가게를 계속 이어가기가 힘드셨나."

가만히 중얼거리던 노에치는 핑크색 전화기 말고도 방에 놓여 있던 커다란 초밥통과 찻잔을 무심코 바라봤다.

아마추어 고물상 나쓰코는 스마트폰 중고 거래 앱과 온라인 경매를 동시에 운영하고 있었다.

기본적으로는 본인의 수집품과 집에서 쓸모 없어진 물건들 중심으로 출품했는데, 어디에서 들은 건지 단지 주민들이 부탁하는 통에 이제껏 이런저런 물건들을 맡아서 팔아주고 있었다.

신문 연재 소설의 스크랩북.

스모 모양의 찻종

녹슨 은식기.

쟁반.

죽은 아내의 가방과 옷.

그림이 취미였던 아빠가 그렸다는, 벌거벗은 여인의 초상화(유화) 등등.

"역시 버리기에는 죄책감이 느껴져서 다들 팔아달라고 부탁하는 걸까."

방에 쌓인 상자를 찬찬히 살피며 노에치가 말했다.

"그럴지도 모르지. 특히 애착이 있었던 물건이라면 더 그럴 거야. 그냥 버리기보다는 남한테 맡기고 싶은가 봐. 봉제 인형 같은 건 아무래도 버리기 힘드니까."

"봉제 인형은 마음이 좀 쓰리긴 해. 그래서 불에 태워 공양하려고 절에 가져가잖아."

오빠의 보물 상자라는 둥 떠들던 노에치조차도 낡은 봉제 인형을 집에 그대로 남겨두고 있었다.

"그나저나 방이 이 꼴이어서 아주머니가 못 돌아오시는 거 아냐? 이제 단샤리 선생을 불러야겠네. 내가 방송에 신청할게."

"돌았니! 그 제자가 오면 어쩌려고!"

나쓰코가 거칠게 되받아치자, 노에치는 "아하하하" 웃더니 재차 크게 웃음을 터트렸다. 그러다 입을 꾹 다물고 고개를 저은 다음 입을 열었다.

"낫짱, 말이 심하잖아."

자기도 피장파장인 주제에 조금 탓하는 투로 말했다.

오늘의 판매액

☐ 없음	

오늘의 쇼핑(지출)

☐ 유료 낚시터(30분/어른 한 명)	500엔
☐ 식사 ([돈가스 덮밥 900엔+미소오뎅 500엔]÷ 2+호지차 300엔)	1,000엔

제4화

소라짱은 늘
좋다고 말했어

1

두 사람은 다퉜다. 계기는 분명 사소한 일이었다.

나쓰코의 삽화가 친구인 나카자와 씨의 개인전을 보러 함께 외출했을 때였다. 장소는 세련된 오모테산도 갤러리였는데, 쇼핑용 자전거로 왕복할 수 있는 거리가 아니어서 나쓰코는 노에치에게 운전을 부탁했다.

"낫짱, 준비 다 했어? 슬슬 출발해야 해."

당일, 평소보다 멋을 부린 노에치가 나쓰코의 집까지 데리러 왔다.

"미안, 아침까지 계속 뭐 좀 하느라 잠을 거의 못 잤어. 오늘은 못 갈 것 같아."

복면 레슬러의 얼굴이 잔뜩 프린트된 얼빠진 잠옷 차림으로 나쓰코는 약속을 깼다.

"뭐야, 그렇구나."

"미안해."

"아냐, 됐어. 그러면 다른 날로 잡을까?"

"응. 그런데 지금 말고 다음에 정할래."

"알았어, 나중에 다시 올게."

그날 노에치는 모습을 보이지 않더니 다음 날 퇴근길에 다시 불쑥 들렀다.

"나 왔어."

"어제는 미안했어. 사과의 뜻으로 지난밤의 성과를 보여줄게."

나쓰코는 노에치를 방으로 부르더니, 아이패드의 음악 제작 앱으로 하룻밤 꼴딱 새어 직접 연주한 사이먼 앤드 가펑클의 「사운드 오브 사일런스」를 곧장 들려주었다.

'라미시미 라미시미'로 반복되는 기타의 아르페지오를 시작으로, 초롱초롱한 신시사이저의 멜로디가 이어졌다. 피아노와 베이스, 디지털 음이 하모니를 이루더니 두 번째 코러스부터는 화려한 드럼이 가세했다.

"드럼 비트가 람바다 같네."

그 음을 듣더니 노에치가 웃었다. 람바다라는 단어의 그리운 울림에 나쓰코도 웃었다. 십 대 후반에 잠깐 유행하다 사라졌지만, 허리를 바싹 붙이는 에로틱한 춤이 화제였으며 뿌리가 남미 음악인 히트곡이었다.

사이먼 앤드 가펑클의 악보가 값을 555엔으로 낮춰도 팔리지 않자, 나쓰코는 잠시 놀이 삼아 연주해 보기로 했다. 악보를 참고하긴 했지만, 손으로 직접 입력한 데다 드럼 파트에서는 두드리는 요소가 많아서 리듬 구성 자체는 나쓰코만의 독창적인 연주였다.

그런데 람바다였을 줄이야.

"아침까지 이걸 만들었어?"

"응, 진짜 힘들더라. 드럼은 연주해 본 적도 없고 기타나 피아노도 잠깐 만져본 게 전부였거든."

"그런 것치고는 잘 만들었네."

두 번째 코러스 부분부터 '둥두두둥 둥두두둥'하고 화려한 드럼이 들어가서 반복하여 들어도 좋았다.

나카자와 씨의 개인전은 두 번째 도전 끝에 가까스로 보러 갈 수 있었다.

오후 일찍 수업이 끝난 노에치는 일단 학교에서 단지로 돌아온 후 곧장 아빠 차를 빌려 출발했다. 나쓰코는 노에치를 하루에 두 번 외출하게 해서 살짝 미안한 마음이 들었지만 그날을 후보로 든 건 노에치였던 데다 나카자와 씨의 개인전을 보고 싶어 하는 눈치여서 딱히 개의치 않았다.

"거기는 왼쪽 길이 막히니까 오른쪽으로. 그 앞에서 왼쪽으로 돌아 샛길로 빠져."

출발하기 전까지 능장을 부리는 주제에 외출만 했다 하면 최대한 빨리 목적지에 도착하려는 게 나쓰코의 스타일이었다. 차멀미가 심하니 어쩔 수 없는 일이었다.

"그래도 제법 잘 견디게 됐네. 예전에는 멀미 때문에 차 세우기를 반복하는 통에 결국 포기하고 집으로 돌아갔다가 근처에서 또 가보자며 시도하곤 했잖아."

나쓰코의 지시대로 차선을 황급히 변경하거나 아무래도 빠듯해 보일 때는 딱 잘라 거절하기도 하면서, 노에치는 진심으로 감탄한 듯 말했다. 최악의 상황을 알고 있어선지 이 정도는 그럭저럭 컨디션이 좋다고 여기는 모양이었다.

"내려서 걸어갈 테니까 옆에 붙어서 운전하라는 둥 황당한 말도 했었잖아. 그랬다간 길이 막힐 텐데 말이야."

"그랬지."

그렇게나 힘들어하다 보니 택시도 거의 탈 수 없었다. 무리한 부탁을 할 수 있는 노에치가 아닌 다른 사람이 운전했다면 똑같은 상황이 벌어졌을지도 모른다.

"이제 유에프오(UFO)는 못 보게 됐지만."

나쓰코가 말했다.

"그러게."

노에치는 웃었다.

차를 거의 타지 못하는 나쓰코는 이제껏 수수께끼의 비행 물체를 세 번이나 본 적이 있었다. 한번은 지하철을 타고 고가를 지나는 도중 건전지 모양의 비행 물체가 이발소의 회전 간판처럼 빙글빙글 돌아가는 모습을 봤다. 또 한번은 좋아하던 배우의 무대가 너무 보고 싶어서 오사카행 신칸센 열차에 탔을 때였다. 거리에 늘어선 빌딩과 크기가 같은 구체가 은색으로 발광하는 모습이 보였다. 나머지 한번은, 차의 앞 유리 맞은편에 하얀 발광체 다섯 개가 계속 떠 있는 광경을 목격했다.

그중 두 번은 노에치와 함께 있을 때였다.

"유에프오!"

나쓰코가 손가락으로 가리켜 알려줬는데도 노에치는 전혀 보이지 않는 모양이었다.

"어디, 어딘데?"

다른 사람에게는 보이지 않는다는 걸 나쓰코는 깨달

왔다. 이십 대 후반부터 삼십 대 중반 시절까지 겪었던 일이다.

정신 상태가 불안정한 나머지 평소에는 보이지 않는 차원과 접촉하게 된 건지, 단순히 머리가 이상해진 건지 어쩌면 둘 다인지 나쓰코는 도통 알 수 없었다. 노에치가 "안 보여"라고 말하는 동안에도 여전히 나쓰코의 눈에는 또렷이 수수께끼의 비행 물체가 보였다.

신주쿠에 도착하기 직전에 나쓰코가 화장실에 가고 싶어져서, 멀리 외출할 때면 곧잘 이용하는 상가 건물에 들어갔다. 늘 나쓰코가 화장실을 쓰려고 들르는 곳이라 노에치는 그곳을 '필수 코스'라고 불렀다.

나쓰코가 '필수 코스'인 깨끗한 화장실에서 볼일을 마친 뒤, 주정차 구역에서 기다리는 노에치(아빠 소유)의 경차로 되돌아갔더니 스마트폰을 보고 있던 그녀가 고개를 들었다. 노에치는 동네 초등학교에서는 신동이라 불렸으며 중학교 시절에는 독서 경시대회에서 작문으로 문부대신(文部大臣)상을 수상, 고등학교 시절의 대입 모의고사에서는 국어 과목에서 몇 번이나 만점을 받았다. 지금은 문과 계열 대학에서 시간강사로 일하는 노에치는, 아마 전자책을 읽고 있었던 모양이다. 그녀는 책을 좋아했다.

"낫짱, 람바다 같은 드럼을 두드리는 것도 좋은데 그 시간에 그림책이라도 그리는 게 어때? 귀여운 멍멍이를 주인공으로 해서 말이야."

"멍멍이?"

나쓰코는 되묻더니 노에치가 대답하려던 찰나에 "빨리 출발해"라고 말했다.

"갤러리 문 닫겠다."

"응."

노에치는 서둘러 시동을 켜고 주위를 확인한 뒤 천천히 차를 출발시켰다. 자동차 경기에서 경주차가 경기장 안의 정비소를 나갈 때처럼(노에치가 곧잘 쓰는 비유였다) 큰길로 나와 자동차 행렬에 능숙하게 파고들었다.

그러더니 다시 이야기를 이어갔다.

"귀여운 멍멍이가 변덕스러운 주인을 지극정성으로 돌보다가 마지막에는 과로사하는 스토리야. 굉장히 세심하고 눈치 빠른 멍멍이라서 주인을 도와주려고 너무 앞서 나가는 거지. 낫짱, 그런 그림책을 그리는 건 어때? 제목은 '묘지기가 된 개'."

"그게 뭐야."

나쓰코는 고개를 갸웃했다. 국어 성적이 좋은 노에치

가 빙빙 돌려 하려는 말이 무슨 뜻인지 도통 파악할 수 없었다. 뭔가의 비유인 걸까.

"……사과하는 거야?"

"반대야, 반대."

"말도 안 돼. 퇴근해서 녹초가 된 채 우리 집에 와서 손 하나 까딱 안 하고 밥 차려주기를 기다리는 쪽이 개라고?"

"당연하지. 그게 반려견의 일이니까."

"그런 거 기른 적 없거든."

나쓰코는 딱 잘라 말했다.

"그나저나 왜 개야?"

"그야 개나 고양이가 주인공인 그림책이 더 잘 팔릴 테 니까."

"그림책이 만만해 보이나 봐."

척척 말을 주고받길래 분위기가 좋은 줄 알았는데, 노에치가 대화를 계속 이어가려고 하자 나쓰코가 입을 열었다.

"……그만해."

고개를 저으며 아래를 보는 건 나쓰코의 주특기였다.

"멀미할 것 같아."

"괜찮을 거야."

노에치는 근거 없는 격려를 하더니 그 뒤로 입을 꾹 다문 채 서둘러 신주쿠로 향했다. 오래 함께 지내면서 둘 사이에는 컨디션이 먼저 나빠진 쪽을 다른 한쪽이 돕는 게 암묵적인 규칙이었다. 또는 더 컨디션이 나쁜 쪽을 그나마 나은 쪽이 돕는 규칙. 그럭저럭 나쓰코가 견뎌내는 사이 신주쿠에 도착했고 노에치는 주차장에 차를 세웠다.

갤러리 마감까지 앞으로 세 시간 정도 남아 있었다.

나쓰코는 어쨌든 여기까지 왔으니 갤러리에는 늦지 않겠다고 생각했다. 만약 시간이 빠듯하면 가는 걸 포기하고 되돌아가면 그만이다. 꽤 오래전부터 나쓰코는 애쓰며 살지 않겠다고 다짐해 왔다.

나쓰코는 집에 가져가서 먹어도 될 거라는 생각에 가지쓰엔 리베르에서 먹음직스러운 감 샌드위치 두 개를 선물용으로 구매한 뒤(일전에 과일 샌드위치를 먹어본 후 완전히 신뢰하게 됐다), 이 기회에 근처 전자제품점에 들러 프린터 소모품도 사고 화장실도 빌려 썼다. 그다음 과자 할인점에 들러 노에치와 함께 도라에몽 에코백이 빵빵해질 만큼 과자를 샀다.

그렇게 거의 한 시간 정도를 보낸 뒤에야 겨우 다시 차로 돌아올 마음이 생겼다.

오모테산도까지는 비교적 가까웠다.

갤러리까지 가는 길을 조금 헤매다 막다른 길로 들어서 버렸는데, 두 사람이 사는 곳과 비슷한 낡은 단지 일대가 나왔다.

건축 연수도 비슷해 보였다. 4~5층 건물인 점도 같았다. 벽의 색이라든가 오염된 부분, 널찍한 간격으로 늘어선 각 동의 모습이라든가 몇 동인지를 보여주는 숫자 패널이 붙여진 방식도 많이 닮아 있었다.

노에치가 차를 유턴하는 동안, 나쓰코는 그 단지 전체가 높이 2미터쯤 되는 하얀 강철 울타리에 둘러싸여 있다는 사실을 알아차렸다. 처음에는 단지 바로 앞에 공사하는 곳이 있는 줄 알았지만 아치형의 차량 통행금지 안내판으로 길을 막아둔 걸 보니, 아마도 단지로 드나들 필요가 없어서 설치된 것 같았다. 재건축 허가가 나고 주민들의 퇴거도 끝난 모양이었다.

"우리 단지도 언젠가 저렇게 되겠지?"

유턴해서 차가 대로에 다시 들어섰을 때 나쓰코가 말했다.

"언젠가는 그렇겠지."

"앞으로 몇 년쯤 남았으려나."

"글쎄, 코로나 때문에 이런저런 계획이 늦어지긴 했지만 결정되기만 하면 일사천리일 거야. 삼 년이나 이 년? 의외로 일 년 만에 느닷없이 진행될지도 몰라."

"일 년이라니."

낡은 단지에 여전히 살고 있는 주민들 중에는 나가고 싶지 않거나 떠날 수 없는 사정이 있는 이들이 많았다. 특히 고령 주민일수록 지금 시점에 주거 환경이 바뀌는 것을 원하지 않았다. 아무래도 그 전에 우리가 먼저 이 세상에서 사라질 거라고 달관하는 할머니도 있었다. 이대로 계속 살다 보면 재건축을 하더라도 똑같이 지낼 수 있게 해주리라 믿는 사람도.

"원래는 훨씬 전에 재건축할 계획이었으니까."

오모테산도를 코앞에 둔 화려한 이 동네에도 혼자만 낡아버린 듯한 단지가 있었다.

건물을 바라보던 나쓰코는 얼마 전까지만 해도 누군가 저곳에 살고 있었으리라는 생각에 조금 슬퍼졌다.

2

나카자와 씨의 개인전은 대성황을 이루었다.

갤러리 바로 앞에 있는 코인 주차장에 차를 세운 뒤 내부 상황을 살폈다. 인파가 조금 잦아든 틈을 타 나가려는데, 하필이면 노에치가 룸미러로 얼굴을 들여다보고 있었다.

"노에치, 좀 전에 과자 할인점에서 부타멘*도 샀으면서 그렇게 고상한 척할 필요가 있어?"

나쓰코가 웃으며 지적했다.

"낫짱, 그런 말 좀 하지 마!"

노에치가 경계하는 눈으로 째려봤다. '지금 여기에서' 라기보다 나카자와 씨 앞에서 말하지 말라는 뜻인 듯했다. 그래도 신주쿠의 저렴한 과자 할인점에서 진지하게 고민한 끝에 '천상의 소스 맛 부타멘 비빔면'을 노에치가 바구니에 담은 건 사실이었다.

삽화가 나카자와 씨는 나쓰코와 예전부터 아는 사이여서 노에치와도 여러 번 같이 만난 적이 있었다. 대여섯 해 전 커다란 광고에 나카자와 씨의 일러스트가 실렸는데, 이후 순식간에 유명해진 그는 활동 범위도 넓어졌다. 지금은 서른 전후의 여자들 사이에서 절대적인 인기를 뽐내는 삽화가가 되었다.

---

* 돼지 캐릭터가 그려진 미니 컵라면

그의 산뜻한 외모와 꾸미지 않는 성격도 매력으로 다가온 듯했다. 잡지와 인터넷에서 인터뷰를 보게 되는 일도 많아졌다. 물론 나쓰코와 노에치는 기쁜 마음으로 나카자와 씨의 기사와 새로운 작업에 관한 정보를 서로 모아와서는, "나카짱, 잘 팔리네"라든가 "나카자와 씨 그림은 정말 좋다니까"라든가 "한 사람이 스타가 되는 순간을 목격했네"라는 식으로 이야기하곤 했다.

그의 일러스트가 들어간 접시나 머그잔 같은 식기류, 티셔츠나 원피스 같은 의류도 많이 판매되고 있었다. 전부 살 수는 없었지만, 나쓰코는 눈에 띌 때마다 마음에 드는 제품을 신중하게 골라 꼭 구매했다.

"이제 가자."

선물용 감 샌드위치를 손에 들고 나쓰코가 말하자, 노에치는 빨간 토트백을 어깨에 메고 차에서 내렸다. 꾸물거리며 차 문을 잠그더니 가방을 고쳐 멘 뒤 뒤따라오는 노에치를 나쓰코는 조금 앞에서 기다렸다.

이럴 때의 노에치는 정말이지 굼떠서 나쓰코는 놀라곤 했다. 예전에 그 점을 지적했더니 분하다는 듯 다음과 같이 받아쳤다.

"지금까지 실컷 기다리게 한 주제에, 왜 내가 마지막에

와서 서둘러야 하는 건데? 진짜 어이없다."

그 이후로는 가만히 기다리기로 했다.

가방을 멘 쪽 어깨가 축 처진 채 노에치가 겨우 나쓰코를 따라잡았다.

꾸무럭거릴 때의 노에치는 대체로 신경이 곤두선 상태라 건드리지 않는 편이 좋지만, 뻔히 알면서도 오랜 친구다 보니 나쓰코는 한마디 하고 싶어졌다.

"왜 항상 가방이 무거운 거야?"

나쓰코가 가방이 무거워 보인다는 말 대신 무겁다고 단정하며 이야기한 건, 이제껏 몇 번이나 가방을 들어보고 그 무게에 깜짝 놀란 경험이 있어서였다. 되도록 짐 없이 다니려 하는 나쓰코의 눈에는 어쩐지 노에치가 수행자처럼 보였다.

"학교에서 퇴근하는 길이라 그렇지."

노에치는 살짝 못마땅한 눈빛으로 나쓰코를 쳐다봤다.

"빈손으로 가면 되잖아, 학교든 지금 여기든."

"너처럼 그렇게 다니는 건 싫거든."

확실히 조금 감정이 섞인 대꾸에 나쓰코는 피식 웃었다.

"안에 뭐가 들어있는지 한번 보여주라. 나중에 집에 가서 전부 꺼내봐. 필요 없는 물건은 내가 정리해 줄 테니까."

"꿈도 꾸지 마."

중고등학교 시절과 별반 다르지 않을 만큼 유치하게 언쟁하면서 눈앞의 갤러리로 향했다.

그래도 전면 유리문을 밀고 들어설 때는 입가에 미소를 띤 채 인사하며 둘 다 오십 전후의 나이에 걸맞은 모습을 보여줬다. 명부에는 핑크색의 예쁜 거베라가 장식되어 있었다.

나무로 된 바닥을 하얀 벽이 둘러싸며 차분한 느낌을 주는 갤러리였다. 벽에는 3호에서 4호 크기쯤 되는 아담한 그림이 가득 걸려 있었다. 중앙 테이블 쪽에서 나카자와 씨가 방문객을 응대하는 중이었다. 그에게 말을 걸고 싶어 하는 사람들이 줄지어 있는 듯해서 나쓰코와 노에치는 가볍게 고개만 끄덕여 인사한 뒤 천천히 그림을 둘러봤다. 첫 번째 그림을 본 순간부터 나카자와 월드에 푹 빠져서 마음만은 숲 안에서 놀고 있는 기분이 되었다. 예전부터 그의 그림에는 하늘을 둥실둥실 날아다니는 신비한 생명체와 사실주의로 그려진 동물들, 귀여운 왕자와 공주가 사는 숲이 등장하곤 했다.

두 사람은 나카자와 씨와 인사를 나눈 뒤 선물인 감 샌드위치를 건네고 구매한 화집에 사인을 받았다.

"낫짱, 노에치 씨."

그가 싹싹하게 말을 걸어주자 우쭐해진 나쓰코는 부타멘 이야기까지 꺼냈다.

귀갓길에 노에치는 조금 심기가 불편해 보였다.

"낫짱, 넌 늘 제멋대로구나."

"그래?"

"결국엔 꼭 마음 내키는 대로 하잖아."

"뭐 그렇긴 하지."

이런 식이면 말이 곱게 나가야 할 텐데, 나쓰코는 지적을 받고 보니 결국 마음 가는 대로 하는 게 낫다고 생각했다.

"그렇다고 내가 싫은 걸 억지로 해봤자 뭐 해."

"흐음."

그러더니 노에치는 극단적으로 말수가 줄어들었다.

"우리 집 들렀다 갈래?"

단지에 도착한 뒤 나쓰코가 물었다.

"오늘은 그만 집에 갈게."

노에치가 대꾸했다.

"부타멘은 어쩔 거야?"

노에치가 구매한 과자도 같은 에코백에 담겨 있었으므

로 챙겨가려면 내용물을 나눠야 했다.

"됐어, 다음에."

"알았어."

그리하여 나쓰코가 전부 들고 집으로 돌아갔다.

3

그날 이후 꼬박 이틀 동안 노에치는 깜깜무소식이었다. 갑자기 찾아오지도 않길래 나쓰코는 그제야 화가 난 건가 싶었지만, 노에치와의 다툼은 항상 이런 식이어서 원인이 도통 뭔지 알지 못한 채 시작되곤 했다.

마침 시즈오카에 있는 엄마가 맛있는 차와 햅쌀을 보내줬다. 나쓰코는 노에치가 오지 않는다면 당분간 집에 있는 재료로 밥을 해 먹어야겠다고 생각하며, 앞으로 일주일간의 식단을 즉흥적으로 떠올려 복사지에 썼다.

나쓰코 혼자 먹을 식단은 무척 소박했다.

🍲 첫째 날

· 어제 먹고 남은 브로콜리 소테를 넣은 콘수프

· 카레 맛 참치빵

· 삶은 달걀조림

· 우엉 당근 볶음

· 연어구이

· 명란구이

· 밥

🥣 둘째 날

· 달걀과 완두콩, 콜리플라워를 넣은 샐러드

· 카레 맛 참치빵

· 두부와 팽이버섯을 넣은 된장국

· 파와 풋고추를 볶아 올린 차슈덮밥*

· 유부우동(컵라면)

🥣 셋째 날

· 쇼가라멘**

· 계란빵

---

*   간장에 졸인 돼지고기를 얹은 밥
**   생강을 넣어 풍미를 살린 일본식 라면

🥣 넷째 날

그라탕고로케버거(맥도날드)

🥣 다섯째 날

......

셋째 날부터 메뉴가 부실해진 이유는, 역시 앞날을 생각하는 게 힘들어서였다. 넷째 날 메뉴는 집에 있는 재료로 만드는 것도 아니었다. 그래도 프로답게 직접 손으로 테두리를 그리고 요리 이름 옆에는 음식 그림도 그려 넣으며 퍽 즐겁게 작업했다. 나쓰코는 냉장고에 식단을 붙인 뒤 우선 오늘과 내일 정도는 계획한 대로 먹기로 했다.

하기야 평소에도 이삼일쯤 노에치가 놀러 오지 않는 일이 흔했으니 오늘 밤이면 아무 일도 없었다는 듯 모습을 나타낼지도 모른다.

오랜만에 일러스트 일이 생겨서 나쓰코는 일단 집중하며, 점심에는 예정대로 카레 맛 참치빵을 만들었다.

중고 거래 앱의 수입으로 편의점에서 구매한 '굵게 간 전립분이 든 미니 바게트' 사이에 아삭한 식감의 양상추와 카레 맛이 나는 참치마요네즈, 피클을 넣었다.

나쓰코는 머그잔에 티백 홍차를 우린 뒤 종이팩 토마토주스를 자주 쓰는 레트로 유리컵에 따랐다. 이걸로 점심 완성이었다.

날씨가 좋아서 베란다로 나가 정원의 식물을 구경하며 점심을 먹었다.

초가을에 작은 분홍색 꽃이 핀 추해당화는 이제 하트 모양의 커다란 잎만 남아 있었다. 잎자루와 가지 사이에 생긴 구근을 따서 지난달에 친구에게 보낼 생각이었는데, 어느새 시간이 흘러버렸다는 걸 깨달았다.

폐업한 '지요 초밥'의 주인아주머니가 맡긴 핑크색 전화기는 온라인 경매에 올렸더니 처음에는 반응이 없다가 가격을 300엔 내려서 다시 올리니 곧 입찰이 들어왔다.

앞으로 하루만 지나면 경매가 끝나므로 포장 준비를 해야 한다. 100 사이즈의 우체국 택배 상자에 넣어 발송할 예정이라고 상품 설명에도 확실히 적어두었다(배송료 별도).

함께 맡겼던 한자 '魚'(물고기 어)가 새겨진 찻잔 세트와 커다란 배달용 초밥통은 다른 사람이 1엔에 출품해 놓은 걸 발견했는데 전혀 팔리지 않은 상태였다. 이대로 재고가 될 듯했다.

베란다 맞은편 공용 텃밭에서 사쿠마 아주머니의 모

습을 발견한 나쓰코는 손을 흔들며 그녀를 불렀다.

"아주머니—!"

"낫짱—!"

아주머니는 손을 들어 화답한 뒤 물을 주고는 이쪽을 향해 다가왔다. 로미오와 줄리엣처럼 베란다 너머로 대화를 나눴다. 높이 차이는 그리 나지 않았지만.

"일광욕하는 거니? 좋아 보이는구나. 노에짱은 어쩌고?"

"걔는 집에 있지 않을까요? 아니면 출근했으려나? 딱히 같이 사는 건 아니라서요."

"그렇긴 하네."

아주머니는 웃었다.

나쓰코는 곧장 오모테산도 옆의 아오야마 근처에서 봤던 단지 이야기를 꺼냈다.

"아마도 건물을 헐기 직전이었을 거예요. 여기랑 비슷한 시기에 생긴 단지 같았는데."

"어머, 그래? 안타까운 일이네. 그쪽도 막 지었을 무렵에는 한적했을 텐데. 전차가 운영되던 시절이었으니까."

사쿠마 아주머니는 조금 시선을 들어 과거를 회상하는 표정을 지었다.

"여기만 해도 옛날에는 밭이랑 논밖에 없었고 아주 외진

곳이었단다. 그랬는데 주변에 이것저것 생겨서 편리해졌으
니 이런 낡은 단지를 그대로 두는 게 아깝다나. 정말이지
괜한 참견 아니니? 똥통에 빠져봐야 정신을 차리려나."

"똥통에 빠진 적이 있으세요?"

"옛날에 있었지."

앙고라 모자를 쓴 아주머니는 장난스레 웃었다.

"처음에는 이 단지도 정말 예쁜 건물이었단다. 그것도
모르면서 낡았다는 소리나 해대고. 실례 아니니?"

물론 토지 이용 효율화를 운운하기에 앞서, 건물 내구
성에 관한 문제로 재건축 이야기가 나왔다는 건 알고 있
었다. 이 정도 넓이의 땅에 오직 4층짜리 건물 단지가 널
널하게 차지하고 있는 게 아깝다는 의견도 있었다.

아무리 재건축이 예정되었다고 한들, 만약 건물의 내구
성이 염려된다면 좀 더 체계적으로 관리해 주는 방법도
있을 텐데.

"전차만 해도 전부 없앨 거라더니, 마지막으로 아라카
와선 하나는 남겨뒀잖니."

"그랬죠."

나쓰코는 대답하면서도 전차가 여기저기를 달리는 풍
경을 본 적이 없다는 걸 깨달았다.

아직 그녀가 태어나기 전의 일일지도 모른다. 그래도 이 단지에 밭이 남아 있던 시절은 어렴풋이 기억하고 있었다.

"그런 식으로 오래된 단지도 잘 보존해 주면 좋으련만. 옛 시절의 유산이든 뭐든 좋으니 말이야. 정취가 있잖아. 안 그러니?"

"맞아요."

나쓰코는 이 부분만큼은 힘차게 대답했다.

"유미짱은 여전히 당분간 시즈오카에서 지낸다니?"

사쿠마 아주머니가 별안간 화제를 바꿨다. 단지 안에는 일흔이 된 나쓰코의 엄마에게 '짱'을 붙여 부르는 이가 꽤 있었다.

"그러시려나 봐요."

"전화 통화는 하는 거야?"

"엄마한테 정기적으로 전화가 와요."

"건강하대?"

"그럼요."

"그렇구나, 안부 전해주렴."

잠시 서서 나눈 대화가 만족스러웠는지 사쿠마 아주머니는 두세 살은 젊어진 듯한 즐거운 얼굴로 돌아갔다.

그날 밤도 노에치는 나타나지 않았다.

어젯밤 먹고 남은 참치회를 '초밥용'으로 만들어둔 걸 잠깐 잊었다가 떠올린 나쓰코는, 메뉴를 즉시 바꿔 갓 지은 밥에 차조기 잎을 깔고 참치회 덮밥을 만들었다.

그 위에 흰깨를 뿌린 뒤 둘째 날의 메뉴에서 변경한, 두부와 팽이버섯을 넣은 된장국을 그릇에 담았다. 이왕 차리는 김에 두 번 우려도 맛있는 품질 좋은 차까지 끓여 밥상에 옮기고 나니, 덮밥에 곁들일 고추냉이를 깜빡했다는 걸 깨달았다.

"맞다, 고추냉이."

혼잣말하며 황급히 주방으로 돌아와 냉장고에서 고추냉이 튜브를 꺼내는데, 손끝에서 미끄러지더니 어찌 된 일인지 냉장고와 식기 선반 사이의 좁은 틈에 딱 끼고 말았다.

무슨 동화책에서나 나올 법한 상황 같았다.

난처해진 나쓰코는 일단 손을 뻗어봤으나 닿지 않았다. 나무젓가락이나 기다란 요리용 젓가락으로도 꺼내기 힘들어 보였다. 아무래도 식품이라 되도록 틈 구석인 먼지투성이 바닥에는 떨어뜨리고 싶지 않았다.

우산대나 플라스틱 자 같은 걸로 어떻게든 끌어당길 수

없을지 고민하다가, 업무용 책상에 쓸 만한 물건이 있다는 게 생각났다.

아마도 인근 돈키호테에서 구매했던 지시봉인데, 몸통이 늘어나고 줄어드는 데다 끝부분이 자그마한 다섯 손가락 형태였다.

그걸 볼 때마다 나쓰코는 『루팡 3세』에 나오는 미네 후지코가 적에게 몸을 간지럽히는 고문을 당할 때 사용된 '간질간질 봉' 같다고 생각했지만, 당연히 그런 봉으로 누군가를 간지럽히는 취미는 없어서 이제껏 한 번도 제대로 사용한 적이 없었다.

그나저나 왜 산 건지 전혀 기억나지 않는, 대략 50센티미터까지 늘어나는 그 봉으로 무사히 고추냉이 튜브를 구출해 냈다. 가까스로 참치회 덮밥을 먹을 수 있게 되었는데, 혼자 살다 보면 이 정도 일로 식겁하기도 하고 가슴을 쓸어내리기도 한다.

하물며 고령이라면 더욱 빈번하겠지.

만약 단지에 사는 아주머니들이 틈에 낀 물건 때문에 난처해지는 일이 생긴다면, 가구를 움직이기 전에 본인이 이 봉을 들고 잽싸게 달려가면 그만이다.

나쓰코는 피식피식 웃으며 그런 상상을 했다.

다음 날에도 노에치로부터 연락은 없었지만, 메루카리*에서 상품을 구매한 누군가가 '포장이 굉장히 멋졌어요!'라는 코멘트를 달아줘서 기뻤다.

식단은 첫째 날 메뉴에서 조금씩 바꿔가며 예정대로 저녁에는 차슈덮밥을 만들었다. 후시미산 고추처럼 매운맛이 없는 고추와 파를 볶아 밥 위에 빈틈없이 간 뒤, 얇게 썬 차슈를 올린다. 노에치가 좋아할 만한 맛이라고 생각했지만, 역시 그녀는 코빼기도 보이지 않았다.

그래도 나쓰코는 내일이면 분명 올 거라고 생각했다. 다음 날이 되자 아침 일과를 끝내고 10시 무렵 베란다에서 느긋하게 홍차를 마셨다. 예상대로 저쪽에서 노에치가 걸어오는 모습이 보였다.

눈이 마주쳐서 나쓰코가 손을 드니 노에치도 손을 들어 보였다. 시치미 뗀 표정으로 가까이 다가왔다.

"이제 가려고 하는데."

노에치가 말했다.

"그래, 가자."

나쓰코는 대답했다.

"꽃도 제대로 준비해 왔어."

자랑하듯 노에치가 꽃다발을 내보였다.

"낫짱, 넌 준비 안 했지?"

"응, 안 했어."

"바로 갈 거야?"

"잠깐 기다려, 준비할 테니까."

입구 쪽을 손가락으로 가리키자, 노에치는 그쪽으로 돌아갔다. 현관을 열고 맞이하는 것으로 이번 다툼은 마무리되었다.

사십오 년이나 친구로 지냈으니 웬만한 건 다 안다.

나쓰코는 노에치에게 주방 의자를 권하더니, 아이패드를 들고 와서 직접 연주한 「사운드 오브 사일런스」를 다시 들려주었다. 드럼이 차분해진 두 번째 버전이었다.

"어제 냉장고 옆으로 고추냉이 튜브를 떨어뜨렸는데 꺼내기 힘들어 보여서 당황했거든. 그런데 돈키호테에서 산 좋은 물건이 있더라니까."

외출 준비를 하면서 그런 이야기까지 주절거렸다.

"이걸로 멋지게 집어냈어."

나쓰코는 끝이 손가락 모양으로 된 지시봉을 굳이 보여줬다.

"그거 돈키호테에서 산 거 아닌데."

노에치가 말했다. 여전히 살짝 부루퉁한 말투였다.

"플라잉타이거에서 샀잖아. 하라주쿠인가 신주쿠에 있는 잡화점."

"그랬나?"

"응, 나도 다른 색깔 가지고 있거든. 네 건 은색이고 난 금색. 같이 샀잖아."

거기까지 말하다 보니 역시 우스웠는지 노에치도 확실히 웃는 표정으로 바뀌었다.

"그렇구나. 그러면 이제 둘이 이 봉을 들고 단지 아주머니들을 도와주러 갈 수 있겠다."

"어딘가에 꽂은 채 늘 들고 다닐까 봐."

"순찰하는 것처럼 말이지?"

옷을 다 갈아입은 나쓰코는 스마트폰과 열쇠, 동전 지갑만 들고 방을 나섰다. 여전히 어깨에 토트백을 말끔히 멘 노에치와 함께 곧장 3동으로 걸어갔다.

조금 숨을 헐떡이면서 4층까지 올라간 뒤 그리운 문 앞에 서서 벨을 눌렀다.

"어머나, 낫짱, 노에짱. 올해도 둘이 와주었구나."

소라짱의 엄마가 활짝 웃으며 맞이했다. 어른이 된 이

후로는 오지 못했던 해도 있었지만, 두 사람은 오늘까지 십 년 동안 항상 찾아왔었다.

나쓰코와 노에치 순으로 소라짱의 불단에 향을 피워 올린 뒤 종을 울리고 합장했다.

오늘은 소라짱의 기일이었다.

늘 진심으로 즐거워하는 듯한 사진 속 소라짱의 모습은 변함이 없었다. 나쓰코는 무척 추웠던 겨울에 소라짱과 노에치와 셋이 팔짱을 낀 채, 서로 밀쳐내는 놀이를 할 때처럼 몸을 딱 붙이고 걸었던 일이 떠올랐다.

"소라짱, 네가 좋아하는 꽃을 두 사람이 들고 와줬단다."

소라짱의 엄마는 노에치가 준비한 꽃다발을 곧장 커다란 화병에 꽂아 가져왔다. 정중앙의 새하얀 폼폰 국화*가 사랑스러웠다.

그 후 차와 과자를 대접받으며 셋이서 소라짱의 추억을 나눴다.

다 같이 유치원과 공원에서 놀던 시절의 이야기였다. 제멋대로 굴던 한 아이가 다가와서 다짜고짜 지금 당장 그네를 바꿔 달라거나 모래 놀이터를 양보하라고 으름

---

*　　방울 술 모양의 국화

장을 놓는 식으로 터무니없는 요구를 해도, 소라짱은 생글생글 웃으며 양보해 주곤 했다.

"소라짱은 착해서 그럴 때마다 '좋아'라고 말하곤 했어요. 자기가 손해 볼 게 뻔한 일인데도요."

노에치가 그리운 듯 이야기했다.

"그랬지. 성격이 느긋한 애였으니까."

사십 년도 전에 죽은 딸에 대해 엄마는 눈을 반짝이며 말했다.

중학교 시절, 단지 안 유치원 앞에서 나쓰코는 노에치에게 이런 말을 한 적이 있었다.

"계속 소라짱이 여기 어딘가에서 놀자고 말하는 것 같아."

그리고 이런 말도 했다.

"그래서 난 이 단지에 남아서 소라짱이 '놀자!'라고 말하면, '좋아, 뭐 할까?' 하고 대답할 거야. 꼭 그럴 거야."

"비겁해! 나도 마찬가지라고!"

그 말에 노에치가 동조한 건 사춘기다운 유치한 감상에 빠진 것도 있었지만, 둘 다 성인이 된 뒤 잠시 단지를 떠났다가 다시 돌아와 생각해 보니 나쓰코는 마치 그때의 소원이 이루어진 듯한 느낌도 들었다.

앞으로는 이대로 쭉 소라짱과 함께 살아가는 것도 좋을 것 같았다.

나쓰코는 문득 그런 생각을 했었다.

옛날에는 동갑이었다가 부모 자식 정도의 나이 차가 생기더니, 이제는 할머니와 손녀로 보일 만큼 그 차이가 더 벌어졌지만.

한 시간 정도 있다가 노에치의 출근 시간이 되어 두 사람은 함께 소라짱의 집을 나섰다.

소라짱의 엄마에게는 "아주머니, 조만간 또 올게요"라고 약속했다.

실제로는 단지 안이나 슈퍼마켓에서 우연히 마주치는 경우가 많았고 집으로 찾아가는 건 일 년에 한두 번뿐이었다.

그래도 언제나 소라짱이 가까이에 있는 기분이었다.

"급식 시간에 노에치가 스파게티 양이 적다며 대성통곡했을 때도, 소라짱이 울지 말라고 달래면서 자기 몫을 나눠줬잖아."

그렇게 오래된 광경도 곧잘 떠올리고 만다. 노에치가 스파게티 한 가닥이 부족하다는 이유로 울고불고한 이

사건은, 동네 남자애들 사이에서도 한동안 화제였다.

"소풍 때는 종일 얼굴이 파랗게 질려 있던 낫짱을 소라짱이 열심히 돌봐줬지. 티슈를 챙겨주거나 손수건을 적셔 주기도 하고, 비닐봉지를 준비해 주거나 화장실에 데려 가곤 했잖아."

노에치의 반박에 나쓰코는 퍼뜩 기억이 떠올랐다는 듯 웃었다.

"묘지를 지켰던 멍멍이 말이야, 소라짱이었어. 우리 중 누군가가 아니라."

"정말 그렇네."

나쓰코도 웃었다.

"노에치일리가 없지. 금세 기세등등해져서 말로 상대를 꺾으려고 들잖아."

"낫짱 같은 겁쟁이는 아니니까."

오래 사귄 친구는 오른쪽 어깨에 빨간 토트백을 멘 채 어쩐지 나른하다는 듯 걷고 있다. 보도에 떨어진 노란 은 행잎을 발로 질질 쓸면서.

학교에 가는 선생님의 발걸음이라고는 도저히 보이지 않는다.

"가방이 무거워서 일이 싫은 걸지도 몰라."

심술도 무엇도 아닌, 진심으로 걱정하며 나쓰코가 말했다.

"딱히 일이 싫은 건 아냐."

두꺼운 프레임의 안경을 쓴 노에치는 천천히 고개를 저었다.

"어머, 정말? 그러면 왜 맨날 그렇게 축 처져 있는 거야? 뭐가 싫은 건데?"

"인간관계."

"아아."

나쓰코는 고개를 끄덕이면서 바스락거리는 소리를 크게 내며 노란 잎을 밟았다.

"이제 가방은 가벼워졌어."

노에치가 기다렸다는 듯 말을 꺼냈다.

"이 가방, 내용물을 모조리 꺼내고 정리한 거야."

"진짜?"

나쓰코는 부드러운 가죽으로 된 빨간 토트백에 손을 뻗었다. 들어보니 과연 묵직했던 예전보다는 상당히 가벼워진 상태였다.

"필요 없는 물건이 뭐였어? 뭘 꺼낸 거야?"

그 질문에는 아무런 대답도 없이 노에치는 나쓰코한테

서 가방을 도로 가져왔다.

"그러면 최근엔 뭐 했어? 나카자와 씨의 개인전에 다녀온 뒤에 말이야."

이 질문에는 노에치도 입을 열었다.

"응? 그 이후로 쭉 학생들이 제출한 리포트를 읽으며 지냈지."

그게 정당한 업무라는 듯 노에치는 짐짓 시치미를 뗐다.

"개인전에 갔던 날부터 화나 있었잖아. 맞지? 화가 난 상태였지?"

나쓰코가 집요하게 물었다.

"뭐? 왜?"

"그래서 우리 집에 안 온 거잖아."

"어머, 내가 안 갔었나?"

더욱 모르는 척을 한다.

두 사람은 함께 단지를 나와 역 쪽으로 향했다.

"오늘은 '교자의 만주'에 가서 교자˚를 사야겠다. 네가 안 오는 동안 시즈오카에서 품질 좋은 차랑 햅쌀이 왔거든. 오늘 저녁에는 그걸로 밥을 안쳐서 교자랑 같이 먹어

˚   일본식 만두

야지. 생 교자를 사서 바로 구워 먹을 거야."

예전에 나쓰코는 식당 '교자의 만주'가 아닌, 다른 중화요리 체인점에서 아르바이트한 적이 있었다. 그 덕분에 교자 굽는 건 자신 있었다. 어떤 교자든 피를 바삭바삭하고 얇게 펼쳐서 구울 수 있었다.

"교자에 밥이라니, 그러면 일찌감치 일을 끝내고 와야겠네."

노에치가 말했다. 열심히 일하고 오겠다는 게 아니라는 점이 그야말로 노에치다웠다. 나쓰코는 네댓새 만에 친구와 이야기하다 보니 어쩐지 기분이 좋아졌다.

오늘의 판매액

☐	핑크색 전화기 ('지요 초밥'의 주인아주머니와 절반씩 나누기)	4,600엔
☐	신칸센 기차 모양 도시락 상자 (도자기. 신칸센 닥터 옐로 버전)	1,200엔
☐	사진 확대용 렌즈 (8동의 와카바야시 씨네 아버지와 절반씩 나누기)	1,800엔

오늘의 쇼핑

☐ 만주에서 파는 생 교자 (12개들이 특별 할인가)	280엔

못 나가,
아니, 나가기 싫어

1

추해당화의 구근을 친구에게 보냈더니 문자가 왔다.

― 씨앗 정말 고마워. 리모델링 끝나면 심을게.

― 리모데링?

철자가 틀린 채로 나쓰코가 답장을 보내자, 이어서 친구가 자세한 이야기를 전해주었다. 조만간 집을 리모델링하게 되어 당분간 지낼 곳을 찾아야 한다고 했다.

가구는 그대로 두고 상자에 짐을 담고 귀중품만 챙겨나오면 업자가 알아서 작업해 주는 식이라 그나마 간편해 보였지만, 그래도 방이 두 개인가 세 개 딸린 근사한 아파트였다. 화장실을 뺀 모든 공간을 리모델링하는 터라 공사 기간은 두 달 정도라고 했다.

― 그동안 어디에서 살아?

나쓰코가 물으니 아무래도 친구는 잠시 머물 곳이 쉽
게 정해지지 않아 난처한 모양이었다.

— 어머, 우리 집에 올래? 빈방도 있어. 지금은 거의 창
고 상태지만, 치우면 당장이라도 가능해.

절반은 농담조로 제안해 보았다.

— 괜찮겠어?

생각 이상으로 혹하는 눈치였다. 반쯤 농담이긴 해도,
상대가 진심으로 받아들여 내심 거북스러워질 것 같았으
면 아예 말을 꺼내지도 않았을 것이다.

— 당연하지. 곤란한 상황이면 사양하지 말고 얘기해.

나쓰코가 답장을 보내자, 얼마간의 틈을 둔 뒤 메시지
를 읽었다는 표시가 뜨더니 예의 바른 답장이 왔다.

— 고마워. 달리 방법이 없으면 그때는 신세 좀 질게!

"세상에! 낫짱 집에 남자라니! 드디어 단샤리가 필요할
때네!"

이야기를 들은 노에치는 히죽히죽 웃었지만, 남자라고
는 해도 나쓰코와 그는 오랜 친구였기에 연애 감정이 들
만한 사이가 전혀 아니었다.

"아니, 아사노라니까? 그 책벌레 말이야."

"사람 일은 모르는 거라고. 전혀 그럴 마음이 없었는데 어쩌다 보니 좋은 관계가 되었다는 둥, 그런 이야기가 세상에 얼마나 많은데. 전에 읽었던 니시 게이코의 만화도 그런 내용이었다니까."

"만화니까 그렇지."

만화 기준으로 본다면 내일 무슨 일이 일어나도 놀랄 필요가 없다. 수수께끼의 지적 생명체가 기생한다든가, 불로불사의 뱀파네라*와 우연히 마주친다든가, 완전히 다른 세상에서 환생한다고 한들 만화에서라면 흔한 이야기다.

둘은 아사노가 대학생이던 시절부터 알고 지낸 사이였다. 나쓰코가 일러스트 일을 시작한 지 얼마 지나지 않았을 무렵, 자주 드나들던 편집부에서 아사노는 원고 수령 아르바이트를 하고 있었다. 젊은 스태프가 많은 직장에서 아르바이트와 프리랜서 업자, 직원과 업무 위탁이라는 입장 차이에도 아랑곳하지 않은 채 여럿이서 함께 잘 어울리곤 했다.

한때 단지에서 나왔던 나쓰코는 처음으로 공동주택의 하숙집에 살았는데, 우연히도 아사노가 하숙하는 집과

---

* 만화 《포의 일족》에 나오는 뱀파이어 일족을 가리킨다.

근처 역이 같았다. 그렇게 둘은 함께 놀고 난 뒤 종종 나란히 귀가하게 되었다. 대학생이라고는 해도 아사노는 이미 육칠 년째 학교에 다니고 있었기에 나쓰코와 나이 차이는 얼마 나지 않았다. 당시에도 사라지는 추세였던 욕실 없는 공동주택의 하숙집은 나쓰코가 사는 곳보다 역에서 훨씬 멀었다.

아담한 체형에 쑥스러워지면 볼이 살짝 빨개지는 청년이었다. 거침없이 밀어붙이는 일이 전혀 없고 차분한 성격인 그가 마음에 들었던 나쓰코는, 문득 생각난 김에 자기 공동주택에서 기르던 나팔꽃 씨앗을 그에게 건넸다. 몇 개월이 지난 뒤 그는 "하얀 꽃이 피었어"라며 수줍게 말했다.

그 후로 원예 동지가 되었다.

나쓰코가 뭔가 씨앗을 수확하면 다짜고짜 그에게 건네는 식이었다.

추해당화 구근을 보낸 것도 그러한 교제가 계속되고 있어서였다.

나팔꽃 씨앗을 주고받은 날 이후 족히 이십오 년의 세월이 흘렀다.

"안 그래도 걱정하던 참이었거든. 혼자 사는 애니까. 리모델링까지 하는 거 보면 잘 살고 있나 봐."

차를 얻어 타는 형편상, 몇 번이나 그의 집에 함께 간 적 있는 노에치에게 말했다.

"그러게. 그나저나 어쩌려고? 두 달만 여기 살게 해달라고 진짜 부탁이라도 하면 말이야."

의외로 진지한 표정으로 노에치가 물었다.

"부탁하면? 그땐 방을 정리하고 불러야지. 친구잖아."

그 대답에 노에치는 "흐음" 하며 고개를 끄덕였다.

2

베고니아의 한 종류인 추해당화는 한자로 '秋海棠'이라 표기한다. 중국이 원산지인 식물인데 에도시대 때 일본에 들어오며 인기를 얻었다고 한다. 작은 종자 외에도 개화한 뒤 잎자루 어딘가에 동그란 싹인 구근이 생기는데, 이게 땅에 떨어지기만 해도 번식하는 꽃이었다.

재작년 노에치가 운전해서 아사노도 함께 철도역 근처에 있는 골동품 박람회에 갔을 때, 에도시대 후기 물건이라던 토끼와 추해당화가 그려진 접시를 본 적이 있었다.

예쁜 남빛 접시였다. 나쓰코는 그 접시가 한눈에 마음에 들었지만, 가격이 비싸서 엄두를 내지 못했다. 그 뒤로 계속 추해당화가 눈에 밟혔다.

검색해 보니 구근으로 번식한다기에, 메루카리에서 발견한 추해당화 구근 서른 개 세트(300엔)를 바로 구매했다. 베란다에서 잘 보이는 곳에 심었더니 별다른 관리 없이도 잘 자라서, 올해는 예쁜 핑크색 꽃을 피웠다.

대체 구근이 어떻게 생겨나는지 궁금해하던 나쓰코는, 가지 사이에 잔뜩 돋아난 모습을 발견하고 신이 났다.

신종 코로나바이러스의 여파도 있어서 한동안 아사노와는 만나지 않은 터라 '잘 지내? 추해당화가 자라서 말이야'라는 내용의 편지를 첨부하여 다짜고짜 구근을 보냈다.

학창 시절에 아사노는 욕조가 없는 공동주택에 살았지만 아마도 자산가의 아들이었던 모양인지, 원래는 형이 쓰던 분양 아파트 한 채를 서른이 되면서 물려받았다. 그 이후로 고급스러운 아파트에서 혼자 살고 있었다.

"부자라서 부럽다."

이런 식으로 시샘하는 마음도 있었다. 그러나 오십을 코앞에 두고도 혼자서 방 하나는 관엽식물, 다른 방 하나는 책장이 차지하는 집에서 문학자를 지향하며 매일 집필과 사색을 해오는 그에게도, 분명 돈과는 무관한 고민이 있을 것이다.

나쓰코는 그런 생각을 하면서 딱히 자세한 사정은 한 마디도 묻지 않았다. 동일본 대지진 이후로 쌀과 통조림, 화장실 휴지 같은 생필품을 잔뜩 사들인 채 그가 한동안 집에 틀어박혀 지냈을 때처럼, 그저 기회가 있을 때마다 연락하거나 씨앗을 보내주기도 하며 종종 만나기도 했다.

계속 팔리지 않던 악보는 몇 차례 가격 인하를 반복했더니 겨우 입찰에 들어갔다.

"팔렸다!"

기뻐하는데, 종료 직전에 다른 입찰자가 나타났다. 고작 200~300엔 정도 오른 가격이었지만 그래도 낙찰된 것이다.

그런 일이 세 번이나 이어졌다.

"이거 참 수수께끼란 말이야. 이럴 거면 가격을 내리기 전이었을 때가 더 싸게 살 수 있었을 텐데."

스마트폰 화면을 보며 나쓰코가 중얼중얼 느낀 점을 말했다.

"일단 필요 없을 거라고 판단했다가도, 이제 팔린다고 생각하면 역시 아깝게 느껴지는 거겠지."

노에치가 사람의 심리 변화를 분석했다.

물건이 올라온 사실을 그때 우연히 알았을 가능성도

있지만, 이런 일이 거듭되고 보니 역시 노에치의 추측이 옳은 것 같았다.

"고마웠다. 잘 가렴."

오늘 낙찰된 다케우치 마리야의 악보를 정성스레 포장하며 나쓰코는 발송 준비를 했다.

이제 남은 악보는 다섯 장이었다.

현재 출품 중인 악보들은 이루카, 닐 영, 엘튼 존, 이노우에 요스이였다. 그리고 자꾸 마음이 가는 사이먼 앤드 가펑클의 악보도 555엔까지 가격을 내린 그대로 여전히 팔리지 않고 있었다.

"낫짱, 그건 이제 소장하지 그래? 분명 운명이라니까."

"흠, 그런가. 만약 입찰에 들어가면 당황스러우려나. 갑자기 경매를 중단한다든가 하면서."

순순히 인정하며 나쓰코는 아이패드를 조작하더니 직접 연주해서 만든 「사운드 오브 사일런스」를 틀었다. 다시 드럼 비트를 바꿔 만든, 세 번째 버전이었다. 반짝이던 멜로디의 음도 조금 바뀐 탓일까. 어쩐지 추억의 가요 명곡, 유키 사오리가 부른 「새벽의 스캣」과 비슷하게 들리기도 했다.

"그만 좀 틀어. 뭔가 세뇌당하는 기분이잖아."

고타쓰*에 몸을 쏙 집어넣은 채 노에치가 양손으로 귀를 막는 시늉을 했다.

12월에 접어들자 확연히 추운 날이 늘어나서 나쓰코는 거실에 밥상 대신 고타쓰를 꺼내 놓았다.

큼직한 울 러그를 깐 뒤 두툼한 고타쓰 이불을 덮은 다음 그 위에 무거운 상판을 올렸다.

봄까지는 고타쓰에 발을 넣은 채 따끈따끈 풀어진 상태로 보냈다. 아침밥을 지어 고타쓰 위에 차려놓으면 먹는 내내 따뜻했다.

점심과 저녁도 마찬가지다.

그림을 그리는 일이든, 온라인 경매와 앱의 중고 거래든 나쓰코는 일거리를 고타쓰로 들고 와 느긋하게 처리했다.

디브이디와 인터넷 방송으로 영화를 볼 때도 고타쓰로 가져온 간식을 따끈따끈하게 즐겼다.

퇴근한 노에치도 곧장 고타쓰로 미끄러지듯 들어왔다.

"내가 그린 것 좀 볼래?"

나쓰코는 복사지 뒷면에 심심풀이로 쓱쓱 그려둔 일러스트를 보여줬다.

---

* 탁자 아래 난로를 둔 채 이불이나 담요로 상판을 덮은 난방기구

걸리버처럼 커다란 몸집으로 쿵 드러누운, 사실적으로 그려진 여자가 '더는 출근하기 싫어'라며 고타쓰에 들어가 중얼거리는 모습이었다. 그 주변으로 복슬복슬 하얀 옷을 입은 소녀가 다양한 표정을 지은 채 여자를 에워싸고 있었다.

걱정스러운 듯. 즐거운 것처럼. 못 말리겠다는 표정으로. 놀란 듯이.

"소라짱이랑 노에치야."

나쓰코의 설명에 노에치는 피식 웃으며 눈을 흘겼다.

3

"애, 낫짱, 올해는 섣달그믐˙에 백화점 가니?"

사쿠마 아주머니가 불러서 나쓰코는 12월도 어느덧 절반이 지났다는 사실을 깨달았다.

"음, 예정은 없는데요…… 뭐 필요한 거 있으세요?"

"응, 만약 간다면 이것저것 부탁하고 싶은데."

섣달그믐에 덤핑으로 파는 설음식을 사러 백화점에 간

건, 코로나 이전이었던 재작년이 마지막이었다.

대개 점포는 저녁 5시나 6시에 문을 닫는데, 그 한두 시간 전부터 식료품 할인이 들어가서 매장이 몹시 붐볐다. 초밥이 든 커다란 통(4인분 정도)을 손에 넣은 아저씨가 인파에 휩쓸려 빙빙 돌기도 했다. 몇 년 전쯤 노에치와 심심풀이로 갔던 게 연례행사가 되어, 나쓰코의 엄마가 동행할 때도 있었고 노에치 가족의 장을 봐주기도 했다.

당시 외출하는 길에 우연히 사쿠마 아주머니와 마주쳐서 뭔가 필요한 게 있는지 물어본 적이 있었는데, 그 일을 기억하는 모양이었다.

일 년에 한 번뿐인 데다 노에치가 운전하는 차로 가면 그럭저럭 견딜 만한 장거리 외출 느낌이었지만, 나쓰코는 솔직히 인파로 북적이는 장소는 피하고 싶었다.

"일단 노에치한테 일정을 물어볼게요."

나쓰코는 대답을 뒤로 미뤘다.

사쿠마 아주머니는 커뮤니티 센터에서 열리는 지인의 고별식에 가는 길이라고 했다. 달리 의지할 곳 없는 주민이 세상을 떠나면, 종종 단지 내 사람들이 회관에서 고별식을 치러주곤 했다.

"겨울이잖니. 나이가 들면 조심해야 해."

평소의 활동적인 차림에 긴 코트를 걸친 사쿠마 아주머니가 말했다.

혹시나 해서 아사노에게 어떻게 되었는지 물으니, 머물 곳은 어떻게든 찾을 수 있을 것 같다는 대답이 돌아왔다.
"다행이네."
나쓰코는 안도의 한숨을 내쉬었다. 두 달 동안 그와 동거하는 일보다도, 그러려면 방을 제대로 정리해야 한다는 사실이 생각할수록 큰일처럼 느껴졌기 때문이다.
코로나 탓에 집안에 틀어박혀 방 정리를 하는 사람이 많은 건지, 주민들이 "이거 팔리려나?" 하며 들고 온 물건들이 꽤 많이 쌓여 있었다. 나쓰코 또한 가진 물건을 조금이라도 줄여보려고 긴 세월의 수집품 중 여러 개를 출품했으나 당연히 곧장 팔릴 리는 없었다.
출품한 뒤 팔리기 전까지는 현관 옆 다다미방에 재고로 쌓아뒀다.
게다가 온라인 경매를 자주 들여다보는 탓에, 그 여분을 팔면서도 무심코 수집품이 부족하지는 않은지 가늠해 보거나 레트로한 식기나 문구, 잡동사니 따위를 발견하면 "으아, 귀엽잖아"라며 구매해 버렸다.

그 전리품들이 점점 늘어가고 있었다.

물건이 세 개 팔리는 동안 두 개를 새로 사버리는 듯했다. 혹은 두 개가 팔리는 사이에 세 개를 사버리거나. 꽤 오래전 출품한 물건이 갑자기 팔리면 어디에 뒀는지 찾느라 허둥대는 일도 있었다.

"이제 절대 딴 집으로 이사는 못 하겠네."

노에치가 말했다. 퇴근길 걸어서 코앞인 집에는 들르지도 않은 채, 남의 집 고타쓰에 틀어박혀 뜨끈하게 몸을 지지면서 말이다.

"시끄럽거든˙."

고타쓰로 들어온 나쓰코가 거칠게 받아쳤다.

"촌스럽긴."

노에치가 웃었다. 벌써 한물간 표현인가 보다.

"지금은 네가 맡긴 동인지로 꽉 차서 그래.《헤타리아》나《타쿠미 군 시리즈》라든가.《게게게의 기아스》˙˙도 있잖아. 출품하는 게 얼마나 힘든데."

"아, 네네. 미안하게 됐습니다."

순순히 사과하며 힐끗 나쓰코를 바라보던 노에치가 작게 중얼거렸다.

"자기는 괴상한 소매로 된 옷이나 입은 주제에."

나쓰코가 입은 하늘하늘한 나팔 모양의 소매가 달린 하얀 니트를 겨냥하는 듯했다.

4

크리스마스에는 수고스러워도 가라스야마까지 케이크를 사러 갔다.

나쓰코는 다시 중고 거래 앱과 온라인 경매의 수입이 조금씩 쌓여서 통 크게 쓰기로 했다.

그래봤자 노에치와 함께 자전거를 타고 점찍어 둔 양과자점에 가서 홀케이크 대신 딸기 쇼트케이크 두 조각을 산 뒤, 집 근처로 되돌아와 평소 자주 가는 슈퍼마켓에서 막 구운 로스트치킨 두 조각을 샀을 뿐이다.

그 정도면 딱 기분 좋게 축하할 수 있었다.

특별한 장식 없이 고타쓰에서 보내는 크리스마스였다.

달콤한 케이크와 어울리겠다며 노에치가 고른 쌉싸름

한 커피도 맛있었다.

"낫짱, 그거 알아? 이런 거 싫어하는 사람은 진짜 질색한대."

고타쓰에 들어간 채 최대한 밖으로 나오지 않으려 기를 쓰는 노에치는, 나쓰코에게 모든 일을 떠넘기며 인터넷 방송으로 영화 『졸업』을 다 본 뒤 말했다.

"이런 거라니, 스토커 말이야?"

나쓰코가 물었다. 영화 속에서 더스틴 호프만이 하던 짓이었다. 그가 여자 주인공에게 그녀의 엄마와 잤다는 사실을 스스로 고백하자 일단 그를 거절하면서도, 대학교부터 데이트 장소인 동물원, 급기야 결혼식장까지 뒤쫓아오자 결국 그를 선택한 여자 주인공은 당시에도 충분히 멍청이처럼 보였을 것 같았다. 나쓰코와 노에치 두 사람은 그런 결론을 내린 상태였다.

한편 나쓰코는 사이먼 앤드 가펑클의 주제곡이 들려오자 마치 본인이 연주하는 것처럼 감격스러워졌다. 물론 착각이었지만.

역시 명곡이었다.

"스토커 말고, 고타쓰에서 속 편하게 쉬고 있는 사람 말이야."

"말도 안 돼. 어째서? 최고잖아."

"한심스럽다나."

노에치가 유감이라는 듯 말하자, "아아" 하며 나쓰코는 대꾸하더니 그제야 무슨 뜻인지 알아차렸다.

"어머, 우리 말하는 거야? 영화 속 커플 말고?"

"영화에 고타쓰는 안 나왔네요."

'요'라고 말하는 동그란 입술에는 좀 전에 집어 먹은 김 맛 감자칩의 부스러기가 붙어 있었다.

나쓰코는 티슈 상자를 쑥 내밀더니 자기 입을 가리키며 말했다.

"노에치, 여기 묻었어."

사이먼 앤드 가펑클의 악보는 333엔으로 가격을 내리자 두 번째 입찰이 들어왔다.

게다가 그 뒤 조회수가 급격히 늘어났던 모양이다. 여기에서도 예의 법칙, 누군가 사려는 낌새가 보이면 역시 자기도 사고 싶어지는 수수께끼의 힘이 작용할지도 모른다.

그러면서 나쓰코는 세 번째 경매 종료 시간을 즐겁게 기다렸지만, 아쉽게도 더 이상 입찰 없이 333엔에 낙찰되었다.

이제 작별이라고 생각하니 살짝 아쉽긴 했다. 그래도

덕분에 지난 두 달이 즐거웠다.

나쓰코는 평소처럼 정성스레 포장해서 재빠르게 배송했다.

섣달그믐에 나쓰코는 사쿠마 아주머니의 기대를 저버리지 않고 신주쿠 백화점에 쇼핑을 하러 갔다.

이참에 송년회나 신년회를 해볼 생각에 아사노에게 문자를 보냈더니 태평한 답장이 왔다.

— 미안! 지금 친척들끼리 온천 여행 중♨

다행이라고 생각하며 안심했다.

새해 복 많이 받으라고 문자를 보냈다. 내년에 구근의 꽃이 필 무렵에는 코로나가 가라앉아서 사람들과 만날 수 있으면 좋겠다고 생각했다.

"이거…… 친구한테도 부탁을 받았는데 어쩐다니."

사쿠마 아주머니는 '구리킨톤*×2, 다테마키**×1, 가마보코***×2, 연어알 간장 절임……' 등 쇼핑 목록이 길게 적

---

* 밤으로 만든 화과자
** 으깬 생선살과 달걀을 섞어 소용돌이 모양으로 구워 만든 설음식
*** 직사각형 판에 반달 모양으로 쌓아 만든 어묵

힌 메모와 작게 접은 지폐 두 장이 든 지갑을 건네주었다.

"네, 20,000엔 받았고요. 영수증 받아올게요. 혹시라도 구매할 수 없는 게 있다면 미리 죄송해요."

처음에 제대로 양해를 구했다. 노에치가 운전하는 경차를 타고 2시 반에 단지에서 출발했다. 나쓰코의 '필수 코스'인 화장실에 한 번 들른 뒤, 정체 중인 백화점 주차장에 잠시 줄을 서다 매장에 들어가니 4시였다.

때마침 할인이 시작될 무렵이어서 지하 식품 매장에는 역시나 인파가 들끓었다. 귀성 선물인지 새해 선물인지 아니면 자택용인지, 유명 과자점 앞에 나란히 줄을 선 사람들과 원하는 상품을 찾아 갈팡질팡하며 기웃거리는 사람들이 뒤얽힌 상태였다. 쇼핑을 분담하려는 가족이 그 분담 방식을 둘러싸고 옥신각신하는 목소리도 들렸다. 다른 매장들은 그런대로 여유가 있었지만, 계산대가 밀집한 구역에는 이미 장사진을 치고 있었다.

2021년 연말, 도쿄 사람들은 신종 코로나바이러스를 향한 공포보다 백화점 지하의 설음식 덤핑 판매에 놀아나고 있었다.

나쓰코의 뇌리에는 그 광경이 선명하게 남았다.

사쿠마 아주머니의 부탁과 노에치네 장까지 보느라

지친 두 사람은, 자기들 몫으로는 참치 초밥 도시락과 진한 풍미의 채소 조림만 골랐다.

쇼핑한 짐을 일단 차에 옮겼더니 안으로 되돌아갈 의욕이 사라져서, 둘은 백화점이 아니라 곧장 근처 지하상가까지 걸어갔다. 그렇게 위층에 레스토랑도 있는 저렴한 슈퍼마켓에서 수타풍의 주와리소바*와 반찬 코너에 있던 새우튀김 두 개를 샀다.

이런 날 손님이 뜸한 신주쿠의 할인 마트에서는 4,000엔짜리 팩에 담긴 삶은 게를 딱 반값으로 팔아서 구매했다. 그리고 노에치의 다리처럼(나쓰코는 이렇게 말했다가 촌스럽다며 비웃음을 샀다. 옛날에는 자주 하던 농담이었는데) 두꺼운 무도 산 뒤 좁은 포장대에서 에코백 두 개로 나눠 담았다.

귀갓길은 널널했다.

정말 이제 코로나는 끝난 걸까. 신종이라는 이름을 희한한 주문처럼 떠올리며 나쓰코는 운전기사 노에치에게 간단명료하게 지시를 내렸다.

---

* 100% 메밀로 만든 소바

"전부 샛길로."

그러면서 여전히 곤욕스러운 멀미를 꿋꿋이 견뎠다.

노에치는 그런 나쓰코의 기분을 조금이라도 풀어주려는 생각이었던 걸까.

"유명 점포에서 파는 설음식을 반값에 잔뜩 사다가, 작은 찬합에 다시 담은 뒤 단지에서 팔면 인기 있을 것 같지 않아?"라거나 "팔고 남은 요리로 각자 집의 설음식은 간단히 만들 수 있을 텐데"라는 둥, 정말이지 대학에서 교편을 잡는 사람이라고는 생각할 수 없을 정도로 노에치는 아무 말이나 계속 지껄여댔다.

가는 길에는 '필수 코스'가 많이 있었지만, 돌아오는 길에는 하나도 없었다. 그만큼 집을 떠나는 게 무서웠던 거라고 나쓰코는 새삼 느끼고 있었다.

단지의 주차장에 도착하자마자 일단 나쓰코의 집에 짐을 한차례 내려놓은 뒤, 두 사람은 같은 동의 3층까지 부탁받았던 물건을 전달하러 갔다.

"세상에, 정말 고맙구나. 덕분에 살았어."

앞치마 차림의 사쿠마 아주머니가 활짝 웃으며 맞아주었다. 현관까지 국물 우리는 맛있는 냄새가 풍겨왔다.

"하는 김에 다른 분이 부탁하신 것도 가져다 드릴까
요?"

지갑을 되돌려주고 장 본 물건들을 목록과 대조한 뒤
나쓰코가 물었다.

"아냐, 괜찮아. 나중에 다들 가지러 올 거란다."

아주머니는 말했다. 그리고 하늘하늘한 하얀 앞치마
주머니에 손을 넣었다.

"하루 이르지만."

그러더니 차례로 세뱃돈을 주었다. "아니에요, 괜찮아
요"라며 두 사람이 손을 저어봤지만, 역시 거절하지 못한
채 붓글씨로 '세뱃돈'이라고 적힌 내셔널의 어린아이 캐릭
터가 그려진 작은 봉투를 감사히 받기로 했다.

"그리고 이건 토란이란다."

아주머니는 특기인 조림 반찬이 담긴 밀폐 용기를 각
각 나눠주었다.

"늘 같은 거라 미안하네."

"감사해요. 아주머니 토란 조림은 최고예요."

"맞아요. 큼직한 데다 쫀득쫀득해요."

둘이 저마다 말을 보탰다.

"어머, 기쁜데."

아주머니는 볼을 확 붉히며 말했다.

"내일은 어디 가니? 새해 첫날인데."

"하치만 신사에 가서 참배하고 그 뒤로는 노에치랑 집에서 빈둥거릴 것 같아요."

"그것도 좋지."

"평소랑 같죠, 뭐. 아주머니는요?"

"단지 친구들이랑 신년회를 한단다. 아들 부부는 3일까지 못 온다니까. 그나마 코로나도 이제 잠잠해져서 다행이지."

"그러니까요."

"자, 다들 새해 복 많이 받으렴."

"새해 복 많이 받으세요."

두 사람도 인사를 건넸다.

눈에 띄게 낡은 콘크리트 계단을 천천히 내려가면서 나쓰코는 단지의 다른 동과 주변의 널널한 부지, 정원과 텃밭, 이 모두를 에워싸고 있는 바깥의 대규모 아파트와 빌딩, 간선 도로의 화려한 불빛을 바라봤다.

"어쩐지 여긴 오아시스 같네."

한 번 떠난 적이 있어서인지 유독 그런 느낌이 드는 것 같았다.

어쩌면 결국에는 떠날 장소. 머지않아 사라져 버릴 것 같은 장소여서일까.

"좋게 말하면 그렇고. 나쁘게 말하면 여기만 여전히 옛날에 머물러 있지."

그러더니 노에치는 고개를 갸웃하며 "딱히 나쁜 것도 아닌가? 테마파크 같아서 좋잖아"라고 혼자 중얼거렸다.

"그나저나 어쩔 거야? 정월 초부터 재건축 계획이 진행되고 철거 일자 결정과 퇴거 기한에 관한 연락이 오면 말이야."

노에치의 질문에 나쓰코는 생각했다.

"그러면 어디 동에 틀어박혀서 농성이라도 할까 봐. 여기에서 나가고 싶지 않은 아주머니들이랑 같이."

사쿠마 아주머니와 예능인 후쿠다 씨, 그리고 몇몇 아주머니들의 얼굴이 떠올랐다. 소라짱의 어머니도 함께 남아줄지 모른다.

"어쩐지 과격파 같은데? 활동가라고 해야 하나."

학생운동 시절의 세대는 아니어도 여전히 대학에 친숙한 노에치가 말했다.

"강제 행정 집행이 이루어져서 두 사람이 연행되는 모습이 보이는데."

“두 사람?”

나쓰코가 되물었다.

“낫짱이랑……”

‘나’라고 입 모양으로 말하며 노에치는 자기 얼굴을 가리켰다. 별안간 눈물이 나올 듯해서 나쓰코는 겨우 참아내며 대꾸했다.

“음, 노에치는 머리가 좋아 보여서 주범으로 보이니까 사살당할 거야, 사살.”

계단을 다 내려가서 말을 이었다.

“저격수가 저쪽 동 위에서 노리고 있다가 탕, 하고 관자놀이를 명중시키는 거지. 그래서 내가 ‘노에치!’ 하고 외치면서 끝.”

“너무하잖아.”

“그러면 노에치 다음에 나도 탕, 심장을 맞는 거야. 여기에 분노한 사쿠마 아주머니가 벽장에 줄곧 숨겨뒀던 전시 때 수류탄을 꺼내오더니 창문에서 휘잉 던지지만, 역시 저격수 총에 맞아 즉사.”

“더 잔인하네. 사람이 너무 많이 죽어. 아메리칸 뉴 시네

마*처럼 말이야. 게다가 사쿠마 아주머니는 아마 전후에 태어나셨을걸."

무릎까지 오는 패딩을 입은 노에치가 웃으며 대꾸했다.

노에치는 설음식을 들고 귀가했다가 그중 음식들을 엄선해서 골라 찬합에 담은 뒤 금세 돌아왔다.

아마 그러고는 손도 까딱하지 않을 모양이었다.

집안일을 조금이라도 하라며 노에치의 허리를 붙잡고 엄마가 욕조 청소를 시키기 위해 매달렸지만, 노에치는 멧돼지처럼 몸을 뒤틀어 뿌리치고 집을 벗어났다.

그렇게 잽싸게 고타쓰의 정위치로 들어왔다.

"후우" 하고 거친 콧김을 내쉬었다.

"괜찮겠어? 새해맞이로 조금이라도 집안일을 도와줘야 하는 거 아냐?"

"지금 하고 왔잖아. 설음식 배달. 유명한 가게 음식을 반값에 사다줬다고."

"아, 그러니."

---

* 1960~1970년대에 제작되었던 미국 영화. 사회모순이나 현실 비판을 다룬 주제가 많았다.

"그리고 상관없어. 어차피 내일은 오빠 식구들이 애들 세뱃돈 받으러 올 테고. 난 여기에서 신정을 보낼 거라고 말하고 왔어."

"조카딸한테 세뱃돈은 안 줘?"

"됐어, 걔가 용돈을 얼마나 많이 받는데. 오히려 내가 세뱃돈을 받고 싶을 정도라니까."

"유치하기는."

나쓰코는 웃으며 주방에 서서 예정대로 참치 초밥 도시락을 열려다가 당황한 나머지 "으악" 하고 소리 질렀다.

"뭐야, 왜 그래?"

고타쓰에 들어간 채로 노에치가 태평하게 물었다.

"게! 침수됐는데."

나쓰코가 대답했다. 삶은 게를 포장한 비닐봉지에서 비릿한 물이 스며 나와 에코백 안이 물에 쫄딱 잠겼다. 새는 낌새가 없었고 비닐도 튼튼해 보여서 안심하고 있었는데, 그 안에서 게가 해동된 모양이었다.

함께 들어 있던 주와리소바와 새우튀김이 담긴 팩을 겨우 건져서 내용물을 꺼낸 뒤 팩은 버렸다. 비닐봉지에서 게도 꺼내고 에코백은 물로 헹궜다.

"노에치, 좀 도와줘라."

다른 가방에 있어서 무사했던 초밥 도시락과 단맛이 나는 규슈 간장을 나르며 나쓰코가 투덜거렸다.

"한 번이라도 고타쓰에서 나오라고."

"안 나가. 못 나가."

겨울의 요물이나 마찬가지인 고타쓰와 완전히 한 몸이 된 노에치가 눈을 감은 채 고개를 흔들었다.

"넌 정말 쓸모없는 인간인 거냐."

"맞아, 알면서 뭘 그래."

뻔뻔한 태도에 나쓰코는 웃으면서 품질 좋은 녹차를 끓이고 백화점에서 산 참치 초밥을 집었다.

"튼튼한 비닐로 보여서 안심하고 그대로 넣어버렸네."

나쓰코는 반성하듯 말을 늘어놨다.

"제대로 이중 포장할걸. 비닐봉지든 뭐든 일정 비율로 불량품이 있다잖아. 텔레비전에서 본 것 같은데. 아마 플라스틱 제품이었는데 백 개 중 하나는 어쩔 수 없이 불량품이 나온대."

"우리 얘기 같네."

노에치가 가벼운 어조로 말을 보탰다. 불량품이라기보다는 '별종'에 가까운 듯했다.

"그런가? 백 개 중 하나끼리 어울리고 있다는 거네. 귀한 인연이군."

나쓰코는 무심코 감탄했다.

"만분의 일에 가까운 관계인 건가? 딱히 좋은 것도 아니잖아. 유유상종이네, 유유상종."

노에치는 참치 김초밥을 덥석 집어 볼이 미어터지도록 입속에 집어넣고는 웃었다.

"젊었을 때는 좀 더 여럿이 모여서 아침까지 송년회를 하곤 했는데."

나쓰코가 말했다. 오래전 자주 어울렸던 그룹은 누군가 이직하거나 고향으로 돌아가거나 출세하거나 전근 가거나 멤버끼리 사이가 틀어지거나 다들 가정을 꾸려 멋지게 살고 있거나 해서, 지금은 거의 연락하는 일이 없었다.

"지금은 둘도 좋은데 뭘."

노에치가 말했다.

귀한 '별종' 동지인 아사노에게 이쪽 상황을 알리려고 고타쓰 상판 위의 사진을 찍어 보냈더니, 그로부터 죽 늘어선 호사스러운 연회 요리 사진이 도착했다.

— 어디 온천? 이름이 뭐야?

노에치의 질문을 나쓰코가 대신 문자로 보내자, 호쿠리쿠의 온천장 여관 이름이 적힌 답장이 되돌아왔다.

"여기 굉장한데. 완전 유명한 곳이야. 일박이 비싸."

노에치가 감탄한 듯 말했다. "아사노 말이야. 뭐였더라, 의사 집안이랬나?"

"규슈에 병원이 있다고 했나. 친척도 다들 의사래. 형이랑 여동생도, 그 남편도 의사."

"오히려 아사노가 별종 같은데."

"그래도 본인은 해맑잖아. 같이 온천 여행도 가고."

"그건 좋네."

삶은 게를 한 번 더 데쳐서 특별히 만든 식초 소스에 찍어 먹었다. 할인 마트에서 반값으로 싸게 산 삶은 게도 달고 맛있었다.

껍질을 치우고 손을 깨끗이 씻은 뒤 두 번째 차를 우려서 고타쓰에 느긋하게 들어가 앉은 나쓰코는, 벌써 새해 목표를 적고 있었다.

평소처럼 복사지 뒷면에.

물론 귀여운 일러스트를 그려 넣으면서.

하나. 코로나가 잠잠해지면 영업일과 영업시간, 메뉴도 적당한 카페를 어딘가에 연다(가게 당번 : 노에치).

하나. 노에치와 만물상을 직업으로 삼는다.

하나. 소라짱의 그림책을 그린다.

마지막 하나는 오래전부터 비장하게 간직해 온 소원이었다. 이를 위해 나쓰코는 조금씩 돈을 모으는 중이었다.

올해 중고 거래 앱 마지막 수입은 노에치가 맡긴 동인지 《헤타리아》로, 판매가는 300엔이었다. 구매자로부터 송장의 상품명에 절대 '동인지'라고 적지 말고 '만화'라고 적어 달라는 요청이 있길래 노에치에게 전했더니, 잘 타이르는 듯한 말투로 대꾸했다.

"당연하잖아. 그렇게 해줘."

역시 옛 시절을 그리워하는 새해맞이 행사로 『홍백가합전*』을 봐야 한다며 채널을 돌렸는데, 작년에 가장 마음에 스며들었던 이쓰키 히로시의 노래 「산천」(오구라 케이 작사)을 들을 수 없는 건 괴로운 일이라며 노에치가

떠들어댔다.

도중에 나쓰코도 지루해져서 인터넷 방송으로 영화를 보기로 했다. 둘 다 관심이 있는 배우인 나리타 료도 출연하는 『거리 위에서』를 시청하는 사이, 홍백가합전에서 꼭 보고 싶었던 동경사변 밴드와 야쿠시마루 히로코의 출연 순서가 끝나고 말았다.

그러고 나서 나쓰코가 서둘러 준비한 새우튀김과 홍백색의 가마보코, 유채꽃이 들어간 토시코시소바*를 먹기 시작했는데 몇 분 지나지 않아 새해가 되었다.

자정을 넘어가자 나쓰코와 노에치는 서로 "새해 복 많이 받아"라고 말했다.

"올해도 잘 부탁해."

"올해도 잘 부탁해."

새해맞이 프로그램인 『가는 해 오는 해』가 방송되며 제야의 종소리가 울려 퍼지는 소리가 들렸다.

곧장 시즈오카에 있는 엄마에게 전화를 건 나쓰코는, 노에치와 함께 새해 인사를 건넸다.

• 섣달그믐날 밤에 먹는 메밀국수로, 지난해를 보내고 새해를 맞는다는 의미를 지닌다.

― 어머, 그래, 올해도 사이좋게 지내렴.

단지 안 유치원에 다니던 시절과 똑같은 말을 들었다.

오늘(1월 1일)의 판매액

☐ 미정	

오늘(1월 1일)의 쇼핑

☐ 미정	

단지의 두 사람

초판인쇄　2026년 4월 1일
초판발행　2026년 4월 10일

지은이
후지노 치야

옮긴이
양지윤

편집
김가원, 최미진

디자인
권진희

그림
기타자와 헤이스케

마케팅
이승욱, 노원준, 조성민,
이선민, 김동우

제작 관리
조성근

펴낸이
엄태상

펴낸곳
(주)시사북스

등록번호
제2022-000159호

등록일자
2022년 11월 30일

주소
서울시 종로구 자하문로 300
시사빌딩

전화
1588-1582

이메일
emptypage01@sisadream.com

ⓒ후지노 치야
ⓒ기타자와 헤이스케

ISBN　979-11-93873-23-6　04830
　　　　979-11-93873-24-3　　(세트)